田澤拓也

河出書房新社

1976に
東京で

1976に東京で

おや、蛍だろうか、と思った。暗い天井の片隅に、小さな光が二つ、ぼんやり明滅しているように見えたからである。

しかし早春の寒い夜、東京のオフィス街の一角の週刊誌編集部が入居するビルの階段の踊り場に蛍が飛んでいるはずがない。それに光の玉は直径が十センチほどもあり、蛍にしては大きすぎた。幻覚だろうか。目をつむり、首を二、三度左右に振って、ゆっくり振りむくと、二匹の蛍は消えて、暗闇の奥には上階に伸びる階段がつづいているだけだった。

だが、その夜から、二つの光る玉は頻繁《ひんぱん》に私の頭上に現れた。職場だけでなく、仕事帰りに立ちよるスナックにも、ひとり暮らしのアパートにも。深夜ふと気配を感じて視線を上げると、二つの小さな光の玉が浮遊し、じっと私を見おろしている。光の玉は何だか人間の目のように思えた。Kだ、と思った。それならもうひとつの玉はFにちがいない。夜な夜な、天井の隅から、KとFの黒い瞳が私をじっと見おろしているのだった。

＊

長い間忘れていたKのことを思いだしたのは、先日、書斎の断捨離《だんしやり》をしているときに、机の抽斗《ひきだし》の底のほうから古びて黄ばんだ一枚のメモが出てきたからである。

「すべてが未来から始まっている。そんな気がする。とすれば私は何も私でなくてもよかったのだ。過去からの延長である私はもうどこにもいない」

さて、いつごろのものだろう。しばらく考えているうちに、これは私の「赤い糸」が切れた直後のメモではないかと思いいたった。誰でも生まれたときから足の小指に赤い糸が結ばれて、その糸の先はまだ見ぬ結婚相手の足の小指につながっているという。太宰治の小説『思い出』の中にも記されている赤い糸伝説。いわば究極の必然である。とすれば、私がこのメモを書いたのは、もう半世紀ちかく前。一九七六年（昭和五十一年）十二月末か翌年一月のことにちがいあるまい。それまで私はKと赤い糸で結ばれていると信じていたのである。

メモを見つけた同じ抽斗の中にオレンジ色の年金手帳があった。こちらもだいぶくたびれている。手帳に記されている最初の住所は「東京都新宿区中井二丁目」のアパートとなっている。アパートは鉄筋三階建てで、名前はグリーン荘という。その名のとおり、濃緑色の瓦屋根にクリーム色の外壁の瀟洒《しょうしゃ》な建物だった。その二階の一番奥がKと私の住居だった。社会人になると通勤が大変だからとKがいい、その年三月、それまで住んでいた同じ西武新宿線沿線の郊外のアパートから引っこしてきたのだった。

一九七六年四月一日木曜日、私は、そのグリーン荘の二DKから新社会人としての第一歩を踏みだしたのである。

第一章 春

1

雨である。中井駅へと向かう二の坂をぶらぶら下っていきながら私の気分は憂鬱《ゆううつ》だった。二十四年間の長いモラトリアム期間が終わり、今日から働かなければならないのである。一か月前に私は満二十四歳になっていた。蒼学館《そうがくかん》の定年は五十七歳だそうだから、これから三十三年ということになる。洗面台の鏡に向かって無精髭を剃り、大げさにため息をつきながら、「ここを過ぎて悲しみの市《まち》、か」と、私は太宰治の『道化の華』の一節を口にしてみた。

私は春霞《はるがすみ》のような淡い空色のスーツに紺色のネクタイを締めていた。この日の写真が残されている。蒼学館本社五階の会議室で行なわれた入社式の直後に撮影されたものである。前列の椅子に社長や役員が居ならび、後方に二十名の大卒男性新入社員が二列に並んで立っている。私は最後列のほぼ中央にいる。一見、真面目《まじめ》そうな顔をしている。モノクロ写真ではあるが、新入社員の大半が紺やグレーのスーツを着ている中で、やはり私の空色のスーツは一番白っぽく見える。

そのスーツとネクタイは、半月ほど前の日曜日、新宿の伊勢丹デパートの紳士服売り場で購入したものだ。買い物に同行したKが「これがいいじゃない。この色似あうよ」と勧めたのである。私が「普通は紺とかダークグレーじゃないのかな」とためらうと、Kは「それじゃありきたりじゃない。蒼学館は出版社なんだから、どんな色の服着てたっていいのよ」と笑った。大丈夫よ。他人の着ている服なんて誰も見ていないんだから。

だが、それはみな似た色の服を着ているから見ていないように見えるので、ひとりだけ異なる色の服は、やはり人目を引くのではなかろうか。黒石の碁笥《ごけ》の中に白石を一個だけ入れたら、やっぱり目だつし、もしかしたら挑発的に見られたりしないだろうか。私はそう思ったが、黙って大手町のOL三年目となるKのアドバイスにしたがうことにした。Kは、田舎《いなか》の旧家のお嬢さまそだちらしく、常に本質的なことに目を向け、問題にしようとするのだが、そのために、かえってどうでもよい瑣末《さまつ》な現実に仕返しされることがある。もっとも、それはKだけでなく、私たち二人に共通する性向でもあった。

私は早稲田大学に六年通った。当時は第一法学部という名称だったが、まず法学部を四年で卒業した後、第一文学部人文学科三年に編入学して二年いた。こうして学部は二つ卒業したが、その間、いわゆる就職活動も会社訪問もしたことのない私は、会社に着ていくような上下そろいのスーツを一着も持ちあわせていなかった。出版社の面接試験などは私が勝手に「勝負服」と決めていた高校時代から着ている黒い学生服にグレーのズボンというでたちでいつも間にあわせていた。つまり大学の入学式、卒業式、さらに就職の筆記試験から面接試験にいたるまで、私は「ここぞ」という重要行事には常に学生服姿でのぞんだのである。

これは私と同郷で高校の先輩にも当たる太宰治の真似《まね》だった。『斜陽』や『人間失格』などの作品で知られる太宰治は、一九〇九年（明治四十二年）六月に青森県の津軽半島の農村の大地主の家に生まれている。敗戦直後の混乱した世相の中で「破滅型」「無頼派」の作家ともてはやされたが、四八年（昭和二十三年）六月、三鷹の玉川上水で愛人と入水自殺した。青年時代から「自殺」と「心中」未遂を繰りかえしたあげく、満三十九歳の誕生日をむかえる直前の死だった。それから三十年ちかくなるが、彼の名は忘れさられるどころか、とくに若い世代の読者の間で「青春文学の旗手」という声望は高まる一方だった。

太宰の死の四年後、同じ津軽半島の海辺の小さな蟹田《かにた》という町に生まれた私も、『津軽』という小説を読んだのをきっかけに、彼の小説を愛読していた。親もとを離れて青森市内に下宿した中学生のころからは、しだいに彼の少年時代との類似が気にかかるようになっていた。太宰が学んだ旧制青森中学は、私が通った新制青森高校の前身である。太宰が旧制弘前高校を卒業して東京帝国大学文学部仏文科に入学したのは一九三〇年（昭和五年）春のこと。私が大学進学のために上京したのは、その四十年後の春だった。

学生服の話にもどる。太宰は旧制弘前高校の学生時代に青森でなじみになった芸者上がりの小山初代《おやまはつよ》という女性と、二十一歳のとき、最初の結婚をしている。帝国大学仏文科で落第を繰りかえしながら作家になりたいとあがいていたころ、それでも毎年春になると、今年は卒業して就職するんだなどと、その妻や周辺に明るく振舞ってみせていたと書いている。「ことし落第ときまった。それでも試験は受けるのである。甲斐ない努力の美しさ。われはその美に心をひかれた。今朝こそわれは早く起き、まったく一年ぶりで学生服に腕をとおし、(後略)」(『逆行』)。「一週間に一度くらいは、ちゃんと制服を着て家を出た。学校の図書館で、いい加減にあれこれ本を借り出して読み散らし、やがて居眠りしたり、また作品の下書をつくったりして、夕方には図書館を出て、天沼へ帰った。」(『東京八景』)。

だから私も特別な日には学生服を着て、胸ポケットにはパーカーの万年筆まで差していた。もっとも七〇年代になっても早稲田のキャンパス周辺では学生服姿はさほど珍しくなく、だから私もとくに変わり者と見られることもなかったが、会社員となると、まさか学生服姿で出社するわけにもいくまい。私の洋服簞笥《ようふくだんす》には、紺色のブレザーと大学一年の冬に母が田舎の洋服店であつらえて送ってよこした霜降りの厚ぼったいスーツがあるきりだ。そこで私はKと一緒に空色のスーツを買いに出かけたのである。

四月一日の朝も、私はKと一緒に家を出た。中井駅から乗車して二駅目が高田馬場駅である。ここで地下鉄東西線に乗りかえる。六年間通った早稲田駅を通過して、今日からは竹橋駅まで乗車する。Kは、もうひとつ先の大手町駅まで行く。Kは大手町にある小さな貿易会社で働いている。入社三年目の春をむかえて、この夏に二十六歳になる。

私はKと別れて竹橋駅で降り、毎日新聞社の入居するパレスサイドビルの東端の小さな出入口から外に出た。目の前の大きな白い建物はロッキード事件の渦中で揺れている丸紅《まるべに》東京本社である。今日はこのビルでも入社式があるという。

日本橋川にかかる一ツ橋を渡って白山通りぞいに如水会館《じょすいかいかん》、共立講堂などの前を過ぎ、蒼学館までは徒歩六、七分である。「よっ」と突然背後から声をかけられた。振りむくと、前年暮れの入社内定以来、私たち新入社員の面倒を見てくれている総務部のマツダ副部長だ。

「あ、おはようございます」

「あれが、おまえのかみさんか」

さっき地下鉄に一緒に乗っているところを見られたようだ。「はあ」とうなずくと、「美人じゃないか。高峰秀子に似てるな。それにしても、タカザワ、うちの社で入社時に結婚している大卒男子は、おまえが初めてかもしれないな」と笑った。

蒼学館では入社した社員に「社員番号」がつけられる。毎日出退勤時に刻印するタイムカードにも記されているし、社内の資料室などを利用するさいのIDともなる。私の社員番号は「一〇七三」である。とすれば私は蒼学館に入社した千七十三人目の社員なのだろうか。これまで千人以上の新入社員がいたのに、まさか私が最初だなんて、そんなことはないだろう。それともただの冗談なのだろうか。いずれにせよ、私は「はあ」とあいまいに微笑《ほほえ》みかえすだけである。

私たちの初任給は、前年秋の募集要項で基本給月十一万四百円とされていたが、この入社一年目は、結局、月十二万六千円だった。厚生労働省の『賃金構造基本統計調査』によると、この年の大卒初任給の平均は九万四千三百円だから、蒼学館はかなり高給である。

もっとも、蒼学館に限らず、このころはどの企業でも毎年一万円ぐらいずつ給料が増えている。私が大学に進学して東京に出てきた六年前、一九七〇年（昭和四十五年）の大卒初任給の平均は三万九千九百円と四万円に届いておらず、わずか六年間でじつに五万五千円ちかく増加している。一九七〇年代なかば、オイル・ショックにつづく狂乱物価のあおりを受けて日本全体で給料も物価も年々急上昇していたのである。

2

自分を粗末にしてはあかんよ。朝、耳もとに母の声が聞こえて目がさめた。おかしな夢だ。だいいち母は生まれたときから津軽の人で、その後もずっと青森県内に住んでいる。だから関西弁などいうはずがないのである。

しかし、二年前、一九七四年（昭和四十九年）の春、私が結婚する前後、母が毎日のように電話をしてきては津軽弁で私にそう繰りかえしていたのは事実である。おまえ、自分を粗末にしては駄目だよ、と。なんで好きな人と同棲《どうせい》したり結婚したりすることが自分を粗末にすることになるのか。私は親の面子《メンツ》や世間体のために生きているわけではない。私は母にいいかえし、以来、すっかり母と話す気も郷里に帰省する気も失《う》せてしまった。じっさい、もう三年間、生家には帰っていない。

蟹田は陸奥湾《むつわん》に面した半農半漁の小さな町で、父は、その町で開業医をしている。私は三人兄弟の次男である。私はKと深い仲になってから、Kを生家に二度つれていった。

一度目は大学三年の冬。一九七二年（昭和四十七年）十二月の冬休みである。このときは、まだKと交際しはじめて半年で、結婚するも何もなく、「ただの女友だち」という名目で、Kは私の生家に二泊した。真冬で道にも家の屋根にも白い雪が積もり、太宰治の文学碑の立つ町はずれの観瀾山《かんらんざん》に登ることもできない。東京の大学生である二歳年上の兄も、青森の高校に通う三歳年下の弟も、ともにまだ帰省しておらず、診療所と廊下でつながる広い家に両親のほかには私とKの四人きりだった。

Kは渓流釣りで岩手県を訪れたことはあるが、青森県まで北上するのは初めてだといい、大学に入学した年に両親に買ってもらったという紺色のオーバーコートに黒いロングブーツを履いていた。玄関先でコートを脱ぐと、白いタートルネックのセーターに濃いオリーブ色のジャケットを着て茶色のスカート姿だった。中国地方の郷里の物だといって、清酒一升と和菓子を土産《みやげ》にたずさえていた。私があらかじめ「じつはミス早稲田なんだ」と作り話を吹きこんでいたせいもあってか、夕食時も父は上機嫌で、母も内心はともあれ、このときはまだ精一杯の作り笑いを浮かべ、うわべは和《なご》やかに応対してくれた。

「で、Kさんのご両親は?」

と父に問われ、Kは自己紹介をした。生家は中国地方の山間部の町で雑貨店を営んでいる。戦前から戦後の一時期は造り酒屋もしていたという。両親はすでに六十代だが、大阪に十歳以上年齢の離れた兄がいて都市銀行に勤務している。Kは地元の県立高校を卒業し、一浪して早稲田の第一文学部に進学していた。「だから、いま仏文科の三年生で、タクヤさんとは同学年なのですが、一歳半ぐらい、お姉さんになるんです」とKは笑いながら口にした。「すると昭和二十五年の何月生まれですか」と父が尋ねると、「八月生まれです。獅子座《ししざ》なんです」とKは答えた。

もちろん友人という建前なので、Kは私と別の部屋に寝かされたのだが、二晩とも、深夜、両親が寝しずまったころを見はからい、私は極寒の冷えきった廊下を裸足《はだし》の抜き足差し足でKの寝ている部屋にしのびこみ、夜明けちかくまで二度も三度も交わった。翌朝、Kは眠そうな顔をして起きてきたが、こっそり私の耳もとで「もう腰が抜けそう」とささやいた。ともあれ、Kも、私の両親も、このときはまだ好きとか嫌いといった明確な印象は互いに抱いていないように見えた。外は雪といっても日中ずっと茶の間で母の相手をするのはKも気づまりだろうと思い、Kが帰る日、私たちは朝から家を出て津軽線と奥羽本線を乗りついで弘前《ひろさき》まで行き、冬の城下町を半日歩いて遊んだ。

私は正月を生家で過ごすので、その夜、ひとり寝台列車で帰るKを青森駅のプラットホームで見おくった。駅前の食堂で夕食をすませ、一緒に東北本線のホームに行くと、わざわざ母が蟹田から駆けつけていたのでKはすっかり恐縮し、「お世話になりました」「ありがとうございました」と何度もぺこぺこ頭を下げていた。

しかし半年後の二度目はそうはいかなかった。

一九七三年（昭和四十八年）の夏休みである。私とKはともに大学四年生となり、仏文科に通うKはスタンダールの小説『赤と黒』をテーマにした卒業論文を執筆中だった。私はKとちかいうちに同棲を始めようと考えて、東京にもどったら一緒に二人で暮らせる部屋を探そうと計画していた。

交際が一年を超え、私たちは大家や周囲の目もあって、下井草と北沢の互いのアパートをこっそり行き来する日々に疲れてもいた。一緒に暮らせば、そのぶん家賃も減らせるし、Kも落ちついて卒論を仕上げて、そのまま東京で働くにせよ、いったん郷里に帰るにせよ、その先のことを考えられる。私は私でそのころいよいよ太宰治熱が高じて文学部への編入学を考えていたのだが、とにかく二人で一緒に過ごせる場所と時間があれば、そこを拠点に、今後の互いの就職やアルバイトなども具体的に決めていけるのではないかと思ったのである。

巷《ちまた》では上村一夫の漫画『同棲時代』が読まれ、南こうせつとかぐや姫の歌う『神田川』がヒットしていた。私もKも将来は結婚するかもしれないと思っていたが、まだ決まった仕事も収入もないのだから、まずは同棲し、一緒に暮らしながらその先のことは考えていけばよいといった程度の考えだった。実際そんな形で同棲している学生は大学にも少なからずいたし、私もKもとくに双方の両親の了解など得ずとも同棲を始めるつもりでいたので、この夏休みは、そのことを通告するつもりでKをつれて帰ったのだ。

しかし、そんな考えは、私の両親、とくに母にはまったく理解できず、とうてい許されるものではなかったのである。

今度はKは大きな仏壇のおかれた奥の座敷に泊まるようにと命じられた。その部屋は両親の寝室と襖《ふすま》一枚へだてただけで、深夜私が忍びこむのはとうてい不可能な部屋だった。私が露骨に頬をゆがめてみせると、母は「親の目を節穴だと思うなよ」と最初から喧嘩《けんか》腰《ごし》だった。その夜、夕食のとき、私が両親に今度同棲するつもりだと切りだすと、母は「結婚はしないのかい」といった。結婚は二人でそのうち考えると私が答えると、母は「犬や猫じゃあるまいし、一緒に暮らすなら入籍するのが当然でしょう」と口をとがらせて怒りはじめた。何が当然なのだろうと思ったが、親の立場にすれば、それも一理あることだろうから、私たちは黙って聞いていた。

母の怒りはずっとつづいた。今回Kが土産に持参したまるまると大きな桃は、私が母の好物だと話したので、Kがわざわざ郷里から取りよせて持参したのに、私たちが帰る日まで食卓に姿を見せず、どこに消えたのかさえ不明だった。

私とKは生家に三泊して一緒に東京に帰ってきた。帰る日の朝は快晴だった。朝食の後で、私はKをつれて観瀾山に散歩に出かけた。山といっても標高四十メートル程度の小高い台地で、家から歩いて二十分ほどで頂に着く。

家を出る直前、私はKの目の前で母と口論をした。大学生のうちに取っておいたほうがよいぞとみながいうので、私は東京で運転免許証を取得していた。春休みに自動車学校に通ったのである。この日は朝から天気もよいし、父の車を借りて十五キロほど先の平舘《たいらだて》の灯台下までドライブしようとKと話し、Kも喜んでいたのに、その車を貸してもらえなかったのである。父は二つ返事で「いいよ」といったのに、母が「都会の自動車学校で走っただけで、この田舎の狭いでこぼこ道を運転できるわけがない」といいはったのである。

私は「それなら観瀾山に行くからいいよ」といい、出がけに靴を履きながら、「ひどい差別だよな」と聞こえよがしにつぶやいた。東京の私立医大に通っている兄が最近また新車を買ってもらったのを知っていたからである。すると母は憎々しげに私をにらみつけ、一言、「おまえも勉強したら買ってやるよ」といいかえしたのだった。そんな私と母のやりとりを、Kは身じろぎひとつせず、うつむいて聞いていた。

観瀾山の遊歩道を登りながら、Kは気を取りなおすように、「お母さんも大変だよね。男の子が三人いたら」と私に話しかけてきた。

それから、前日の午後、私が近所に住む叔父から突然電話で呼びだされて囲碁の相手に出かけていたとき、母と茶の間で相対し、硬い改まった口調で「あなた、うちの子が初めてなんですか」と問われたと口にした。ぶしつけな質問にKがびっくりして何も答えられずにいると、母は「あなた、何も聞いていないのかもしれないけれど、じつは息子には高校時代から相思相愛の許婚者《いいなずけ》がいるんですよ」と根も葉もない作り話まで語り聞かせたとのことだ。

「まじかよ。そんな作り話、かんべんしてよ」

私が呆《あき》れてそういうと、

「その人の名前はサナエさんっていうんだって。そういってたよ」

と、Kはうつろな目で私の顔をのぞきこんだ。

「サナエさんって、そんな名前、いったいどこから思いつくんだろう。ふうん、そんな作り話を聞かされたわけ。そりゃひどいね。とんだ災難だったね」

そう私は答えた。私の母方は作り話の家系なのである。おそらく、私は、その母の血を濃く受けついでいるのかもしれない。冷汗が出てきた。「相思相愛の許婚者」という話はまったくの母の作り話だが、「サナエ」という名前が私の痛点をついているのだ。

息子の私がいうのも妙だが、私の母は、本来、そんなに他人に意地悪な人ではないし、エキセントリックな性格の持ち主でもない。人並みに常識も持ちあわせている知的で優しい人だったはずである。ただ母は息子を自分の所有物のように少し勘違いしていたのではなかっただろうか。また母には私を含めて三人の息子がいるが、母が兄や弟とこうした争いをしたり揉《も》めている姿を私は見たことがない。だから大半は、おそらく私が、それも私の過剰な性欲が原因だったのだろうと私は思う。

じつは、Kに打ちあけたことはないのだが、私が高校三年生のとき、十歳年上のサナエという女性と交際していた事実を知ってから、母は私のことを信用しなくなったのである。それから四年ほど経《た》っていたが、母は、いまだに忘れてはいなかったのである。

3

四月一日の入社式から二週間ほど、私たち二十名の新入社員は、毎日蒼学館の一室で、役員、幹部社員、人事担当者、さらに社外のマナー講師などからさまざまな研修を受けた。ときには社外に出て、市谷にある大手印刷会社の工場を見学したり、日比谷の有名ホテルに宿泊し、夜は洋食のテーブルマナーを教わり、翌朝はめいめいフロントでチェックアウトし、そのまま地下鉄に乗って出社するといった研修も組みこまれていた。

新入社員同士の親睦を深めるためなのか、二週目の週末は大磯のホテルへの一泊旅行だった。このホテルは大きなプールがあることで知られており、全員海水パンツを持参するようにといわれたが、宿泊した翌朝は雨まじりの曇天でプール遊びは中止となり、私はひそかに胸を撫でおろしていた。じつは私は金槌《かなづち》なのである。

社内での研修が一段落すると、次は、ひとりずつ都内や首都圏の書店に派遣されての書店研修だった。私は東急東横線で渋谷駅から三つ目の祐天寺駅のガード下にある書店に行くよう命じられた。書店研修といえば聞こえはよいが、毎朝十時開店の駅前書店に九時ごろ出かけていって、届いたばかりの荷を開けて、新刊本や雑誌を書棚に並べるのである。開店後は、店員として客から本の注文を受けたり、平台の本を積みなおしたり、ときにはレジを打ったりもした。こうした作業を通じて、自分たちの作る本がどのように売られたり、また返本されたりするのかを実地に見てこいと人事担当者はいうのだが、社としては、日ごろ本や雑誌を販売してもらっている首都圏の書店に、毎年一か月間、無料で働く若い労働力を提供するという一石二鳥の狙いもあるのではなかろうか。

私の通った祐天寺の書店には、まだ二十歳《はたち》前後の若い男性店員がいた。夜、店のシャッターを下ろした後で、私は何度か彼を誘って駅前のビルに入居する小さなスナックに立ちよった。ギターを手に弾き語りをしている青年が「東京へは、もう何度も行きましたね、君の住む美し都」とマイ・ペースの『東京』を歌っていたのを思いだす。

五月中旬に書店研修を終えて一ツ橋の本社にもどると、すぐに配属先が発表された。私は『週刊マンデー』に配属となった。毎週月曜日に発売される男性サラリーマン向けの総合週刊誌である。

大学生のころの私は、週刊誌などほとんど読むことはなく、ときどき『週刊プレイボーイ』のグラビア頁《ページ》を書店の店頭で立ち見する程度。蒼学館の入社試験を受けることにして初めて『週刊マンデー』という週刊誌があるのに気がついたのだった。当時の男子大学生が手に取る週刊誌といえば『週刊プレイボーイ』と『平凡パンチ』が両雄で、『週刊マンデー』などという親父《おやじ》くさい雑誌のことは本当に何も知らないといってよかった。

4

私は十七歳だった。

私はその人をサナエ先生と呼んだ。彼女の少し年齢の離れた夫は田舎の高校生の私でも名前を知っている大手金融機関に勤務して青森支店の幹部だった。その妻であるサナエ先生は東京の名門女子大を卒業していて英語が得意だった。結婚四年目だったが、子供は居《お》らず、夫の転勤について雪深い北国に来てはみたものの、友人も話し相手もいない。そんな暮らしが一年以上つづいて、退屈でさびしい時間を持てあましていた。そこで彼女はちょっと小づかい稼ぎでもしようかと自宅アパートのそばの電柱に「受験英語の個人レッスンいたします。当方S女子大卒。毎週一回。月五千円」と手書きの貼り紙をした。

その貼り紙が、偶然、私の目に止まったのである。私は中学高校と学習塾に通ったことがない。私立大学文科系の受験三科目のうち国語と日本史は何とか大丈夫だろうと思っていたが、英語の勉強不足は明らかで、このままでよいのだろうかと不安と焦りを感じはじめていたところだった。そこで青森の下宿先から母に電話をし、五千円の月謝をねだったのである。

四月からサナエ先生のアパートに通いはじめて、すぐにそういう関係になったわけではない。私も最初は真面目に受験勉強にいそしむつもりだったのである。五月の連休明けに、たまたま石坂洋次郎の小説の話題になって、サナエ先生が「現代の津軽の高校生はどんなふうに性欲を処理しているのかな」と口にしたのがきっかけだった。

思いがけない質問に私が「えっ」とたじろぐと、サナエ先生はくすりと笑って、「クラスの女子の裸を想像したりするのかな」といった。それからいきなり両手で私の頬をはさむと、唇にキスをし、柔らかい舌まで差しいれてきたのである。私が目を白黒させていると、「オナペットより本物の女のほうがずっといいと思うよ」と耳もとに小声でささやき、私の右手をセーターの中にみちびき、柔らかい胸を揉ませはじめたのである。

一度そういう関係におちいると、あとは一瀉千里《いつしやせんり》だった。六月になると、サナエ先生は、毎週金曜日の夕方、別室に蒲団《ふとん》と枕を準備して私を待つようになっていた。彼女は田舎の高校生にまず正常位を教えた。コンドームや腰枕の使い方なども教えてくれた。私にしても受験勉強よりはるかに楽しく興味深くて、いつしか私は英和辞典も受験参考書もたずさえずサナエ先生の部屋を訪れるようになっていた。

夏休みにはサナエ先生の運転する車の助手席に乗って、こっそり下北半島一泊旅行に出かけた。夫は東京に出張中とのことだった。だらだらと起伏のつづく一本道を北上し、カーラジオから由紀さおりの『夜明けのスキャット』が流れてくると、サナエ先生は「モノローグの時代になってきたのかな。この歌、サイモンとガーファンクルの『サウンド・オブ・サイレンス』に似てるよね」といった。ビートルズの歌の大半がIとYouとLoveの会話体なのに、サイモンとガーファンクルは独白体だよね。三年前、ビートルズの東京公演を日本武道館で観たというのが都会っ子であるサナエ先生の私に対する自慢である。曲が終わると、ラジオの話題は夏の甲子園に二年連続出場の期待がかかる三沢高校とエースの太田幸司投手に移っていった。

津軽海峡の漁火《いさりび》が見える下風呂《しもふろ》温泉の旅館に泊まって、翌日は寒立馬《かんだちめ》のいる尻屋崎まで足を延ばした。ひなびた温泉宿で、私たちは一晩中むつみあい、何度も絶頂に達したサナエ先生は、「このまま春までレッスンしたら津軽の世之介になっちゃうかな」と私の上達ぶりを褒めてくれた。

わざわざサングラスなどかけずとも、サナエ先生は青森ではまったく顔を知られていない。長身の彼女と私とは、「姉弟です」といわれれば、そう見えないこともなかったろう。二学期になって、私が仲のよい級友につい下北旅行を自慢し、おまけに話を少し盛りあげたりしなければ、おそらく高校を卒業した後も秘密は永遠に気づかれなかったにちがいない。しかし私が

『好色一代男』の主人公となる日は来なかった。

九月のある夜、突然、父と母が私の下宿先に現れて、いまからサナエ先生のアパートに行って話をつけてくると告げたので、私は腰を抜かさんばかりに驚いた。もう女の身もとはすっかり調べてあると母は息まいた。「英語の勉強というから、てっきり塾だと思っていたのに」と母は私をにらみつけ、年上の人妻が受験生をたぶらかしたのだから百パーセント向こうが悪いと決めつけた。たしかに、きっかけはそれにちかいかもしれないが、私も一緒になって遊んでいたのだから五十歩百歩ではあるまいかと私は反論した。

結局、父も私の意見に同意して、その週の金曜日、私はサナエ先生に、突然ですが今日でレッスンは終わりにさせてくださいと切りだした。サナエ先生は少し驚いた様子だったが、じつは両親にばれたのだと話すと、かねて夫のいる自分の立場も不安に感じていたようで、むしろほっとしたような顔になり、最後は「受験頑張ってね」と励《はげ》まされ、私も「はい」と答えて、握手して別れた。私たち、二人とも、どう騒ぎたてても何かが変わるわけではない。ただの火遊びだったのである。

問題は私の母のほうだった。翌日の夕方、私は蟹田の家に帰った。父は往診に出て留守だったので、まず母に、サナエ先生とのことは終わったよと報告した。母は哀《かな》しげな目をして私の話を聞いていた。しかし、私の話が一段落すると、「やっぱり」と前おきして、急に私をののしりはじめた。「やっぱり、おまえはおかしい。小学四年生のときからわかっていたことだ」

と、今度は、その八年前の話を持ちだして私を激しく罵倒したのである。

私は九歳だった。ある夏の日の午後、私は父の書斎の抽斗をこっそり開けて、小さな手金庫の中に妙な白黒写真が数十枚隠匿されているのを見つけたのである。それから誰もいない留守番などの機会を見つけては書斎にしのびこみ、その写真を並べてしげしげと眺めていたのだが、あるとき、どうしたはずみか、数枚返却し忘れて、おまけに子供部屋の私の机の上に放置されたままとなっていたのだ。

晩秋の寒い日の放課後だった。いつものように学校から帰ってランドセルを部屋におき、バットとグラブを手にして、ふたたび家を飛びだそうとしていた私は、母に「ちょっと待て」と襟首をつかまれた。私を茶の間に正座させると、母は「おまえの机の上に変な写真があったよ」と切りだした。母は戦前の女子師範学校を卒業し、父と結婚するまでの数年間は田舎の尋常高等小学校の教師をしていた。農家の九人きょうだいの長子で生真面目な性格だった。

母はさぞ驚いたことだろう。何度も深いため息をもらしつつ、まだ小四の息子が、そんな白黒写真に興味があるとは信じられなかったのだろう。「あれはね、ああいう写真を金庫に入れておけば、お金が貯まるからといわれて、お父さんが人から借りている写真なんだよ」と説明した。私はうつむいたまま黙って聞いていた。私はまだ九歳だったが、それが母の作り話だと直感していた。そんなことで金が貯まるなら、蟹田の町は、とっくに白黒写真と金持ちだらけになっているだろう。話す母も、聞く私も、そんな説明が空疎な作り話であることを知っている。なのに、どうして母はこんなに激しく私を責めたてるのだろう。

私がぼんやりとした表情で泣きもせず謝りもしないものだから、母の嘆きはしだいに怒りへ変わっていった。たぶん怒りが激しすぎたのだろう。「あのね、女が洋服を脱いで、へそを見せるだけが裸になるということではないんだよ」と急に猫なで声になり、「本当に裸になるということは、人間が心の底から真実をさらけだして見せるということなんだよ」と説教がどんどん妙な方向に流れていくので、私は思わず噴きだしそうになるのを必死でこらえた。

そんな私の態度がまた母の怒りに油を注ぐのだろう。母はやにわに私の手首をつかむと、今度は「岸壁に行こう」といいだした。外では冷たい東風《やませ》が吹いているのに、これから小さな白い灯台の立っている河口に行って、岸壁から一緒に海に飛びこんで死のうというのである。

しかし、小四の息子が父親の秘蔵する白黒写真を盗み見ていたからといって、母親がその子の手を引いて入水自殺とは、それこそ世間の笑いものになるだけではないだろうか。そこまで聖人君子な母親なのかと私は内心呆れ、自分の「罪」も忘れて母の茶番劇がおかしくてならなかった。

気がつくと、私は「やめろよ」と母の手を振りほどき、母をにらみかえしていた。これはお父さんにも話してどうするかを決めてもらわなければいけない。おまえを家から出して施設に入れることになるかもしれない。母は何度もそう繰りかえしたが、翌朝、父は食事中もずっと無言で、私を書斎に呼びつけることもなかった。以後、私も父の書斎にしのびこむのはやめたが、母は、この一件もまた、ずっと忘れず私と接していたわけである。

こんな出来事があったせいなのか、母は、私の思春期以降の異性との交遊や性的な兆候に対しては、常に目をらんらんと光らせていた。三人の息子をいずれも中学入学と同時に親もとから離し、青森で下宿生活させたことも、母のこうした傾向を助長したのではなかっただろうか。そしてサナエ先生との出来事があって以降、母は、私を理解しようとする努力を放棄したかのようだった。とにかく親類の間や学校で恥ずかしい噂《うわさ》や面倒な事態にならないようにと考えているのか、離れて暮らしているにもかかわらず、なりふりかまわず私の女性関係を早期発見し、もぐら叩《たた》きのように交際の芽を摘みとることに力を注いだ。

私が東京の大学生となってからも、生家に帰省中、私あての女性からの電話はすべて留守だと切られてしまった。女文字の手紙は封も切らずに破りすてられた。それなら公衆電話から電話しようと私が散歩をよそおって家を出ると、こっそり白い割烹着《かっぽうぎ》姿のままで尾行してきて、電話ボックスの外からこんこんとノックして受話器をにぎる私に笑いかけたこともある。休暇が終わって私が上京するときは、必ず青森駅のプラットホームまで見送りに来て、電車が動きだすまで帰ろうとしなかった。誰か若い女性がホームの柱の陰で泣いていやしないかと目を光らせていたのである。

観瀾山は眼下に陸奥湾と蟹田の町並みを一望できる景勝の地で、その頂の先端に太宰治の文学碑がある。太宰の中学時代の友人で『津軽』にも描かれている「N君」がこの町に住んでおり、太宰の死後、彼の尽力で、ここに碑が立てられたのである。

その鉛色の文学碑の前に立つと、Kは「ああ、これね」といい、「かれは、人を喜ばせるのが、何よりも好きであった！　か」と、石に刻まれた文字を一字ずつ指でなぞりながら低い声で読み、「何だか、つまらないね」とつぶやいた。それから眼下の淡い水色の海を見おろし、対岸の下北半島の低い山脈《やまなみ》に目をやった。いまにも泣きだしそうな顔をしていた。こんなさいはての地まで二十歳を過ぎたばかりの年下の男について来て、おまけに、その男と母親の醜い口論まで見せられて、さぞかし心細かったことだろう。

その日の夜汽車で、私とKは一緒に東京に帰ってきた。生家を出るまぎわになって、母が突然指輪をあげるといって古びて黄ばんだ紙の小箱をKに差しだした。Kが「わ、ありがとうございます」と笑顔を作り、さっそく開けると、中から出てきた真珠の指輪は、母が「これ、気にいらないのよ」と長年しまいこんでいたもので、おそるおそるKが指にはめると、くるくると二回転した。母はあいまいな笑みを浮かべながらそれを見ていた。さすがに私が「ちょっと、これ、サイズが全然合わないよ」と口をとがらせて突きかえそうとすると、母は「だって、ほかにあげられるものもないし」と押しかえし、指と指輪の隙間に脱脂綿を詰めれば何の問題もないのだと強弁して譲らなかった。

蟹田ではじっと沈黙し、母から理不尽な意地悪をされても別れぎわまで微笑を絶やさずにいたKだが、翌朝、東京の私の部屋に帰りつき、二人きりになると、旅行中こらえていたものが一気に爆発したように、「もう蟹田なんか絶対行かない!」と叫んで指輪の箱を灰色の部屋の壁に叩きつけた。それから「お母さんなんか大っ嫌い」といって号泣した。よほどの屈辱だったのだろう。「お母さんは人種がちがうんだね」といってはばからなかった。

この二度目の訪問以降、Kは私の母や家族に対して決定的に意固地になった。そして母が何とか私たちを別れさせようとしている以上、絶対に別れてやるものかと私と一緒になって同棲から結婚への道を突きすすんだのである。

一方、郷里からの風の便りでは、このKの二度目の蟹田訪問の後、母はしょっちゅう二葉百合子が最近リバイバル・ヒットさせている『岸壁の母』を口ずさんでいるという。とかく「岸壁」の好きな人なのである。「母は来ました。今日も来た」と岸壁に立って帰らぬ息子を待ちつづけている心境らしい。

郷里に住む叔父や叔母からの年賀状や暑中見舞いには、いつも、そんな母の近況が書きそえられていた。どうでも勝手にしてればいいよ、でも仕送りだけは忘れないでくれ。私はそう思うだけだった。

5

東京都千代田区神田錦町三丁目。

皇居のちかくというのに一帯にはひなびた下町のような家並みが残されている。『週刊マンデー』編集部は蒼学館本社から歩いて五分ほどの錦町河岸交差点の一角にある広田ビルという焦げ茶色のオフィスビルに入居していた。三階は山口百恵ら女性アイドルの「激撮」のグラビア頁で最近ヤングに売れている隔週刊の男性誌『JIRO』編集部。『週刊マンデー』編集部はその一階上の四階である。

エレベーターの扉が開くと、目の前に小さな机がおかれ、青い制服姿のガードマンが一名腰かけている。週刊誌の編集部には突然予告なしで押しかけてくる「招かれざる客」もたまにいる。そんな不審者への対応が本来の職務なのかもしれないが、このガードマンは、ふだんはもっぱら『週刊マンデー』の編集者や取材記者たちの深夜帰宅のタクシーの手配をし、早朝や休日は無人となる編集部の戸じまりや火の用心を主な仕事としている。

その横の出入口から『週刊マンデー』編集部に足を踏みいれる。小さなホテルのロビーほどの広さの編集部には、四六時中、紫色の煙がどんよりと垂れこめていた。編集部員だけでなく、この部屋に出入りする人々の大半が喫煙者だった。どの机にも辞書やスクラップブックや紙袋に収められた資料などがうずたかく積まれ、その夥《おびただ》しい紙の山々が連なる彼方にも紫の煙がたなよっている。

どの机にも灰皿が見えるが、どの灰皿も吸殻の山である。編集部の片隅にある仮眠室の扉の前の水屋には水の張られたバケツがおかれているが、毎日そのバケツは吸殻で一杯になった。

配られた社員名簿を見ると、『週刊マンデー』に所属する正社員は二十八名である。この年、蒼学館に入社した二十名の大卒男性新入社員のうち、広田ビルに入居する二誌の編集部に配属されたのは四名だった。私とタケウチ、サトーの三名が『週刊マンデー』で、アカボシが『JIRO』。タケウチとアカボシは私と同じ早稲田の出身で、サトーは慶應義塾大学を卒業している。

この二誌の編集部は、社内では第五編集部、通称五編と呼ばれている。なぜ、この五編に私は配属されたのだろう。私は、大手出版社に入社したからといって、例えばコミック誌の編集者になろうとか、文芸単行本の編集者になりたいといった希望はまったくなかった。だいいち出版社ではどんな仕事をしているのかさえよく知らないのである。私は、ただ、どこか社内の目だたぬ一角に机をおいて、朝九時から夕方五時ごろまで黒い腕貫《うでぬき》などして黙々と仕事をし、ふだんはさしたる残業もなく、すみやかに帰宅し、あまり晩酌などもせず、夜は電気スタンドの下で読書や書き物に励んで、いずれ懸賞小説などにでも応募してみようかといった日々を漠然と思いえがいていた。本気でそんな暮らしを夢想していたのである。

私たちが社会人となった一九七六年は、早春からロッキード事件に揺れた一年である。二月初旬にアメリカ議会の公聴会から明るみに出てきた航空機の輸入をめぐる一大疑獄事件だが、日本国内でも連日報道がつづいて、たちまち大騒動になっていった。そんな二月か三月に、一度、内定者全員が会社に呼ばれ、人事担当者から近況を尋ねられたとき、「いま一番関心があることは何かね」と問われた私は、つい、しかつめらしい顔をして「ロッキード事件ですね」と心にもない言葉を発し、同期に笑いのネタを提供していた。『週刊マンデー』編集部に配属された理由として、私自身思いあたることがあるとすれば、その軽はずみな発言ぐらいしか考えられない。

だから実際に『週刊マンデー』編集部に足を踏みいれた日の衝撃と失望は忘れられない。その日、人事担当者につれられて編集部に入っていくと、五編のハヤシ取締役、ノグチ編集長、そして『JIRO』のキタバヤシ編集長が私たち四人を待ちうけていた。私たちは錦町河岸交差点を渡った角にある小さなホテルの二階のレストランにつれていかれた。

細長いテーブルをはさんで腰を下ろすと、さっそく分厚い眼鏡をかけたキタバヤシ編集長から真新しい『JIRO』を一冊ずつ手わたされた。「どう思う?」とうながされるまま、頁をめくると、いきなり褐色の肌をしたアグネス・ラムの水着姿が目に飛びこんできた。

それにしても「どう思う?」と聞かれても、アグネス・ラムのグラマラスな肢体を凝視して、何を思うといえばよいのだろう。何か編集者の卵らしいエスプリの利いた日米女体比較のような感想でも求められているのだろうか。とまどいながら、所在なく、その写真のかたわらに記されている文章を目で追っていた。

すると「おい」とキタバヤシ編集長が眼鏡の奥の目を光らせて、私に向かって「おまえ、何してんだよ。そんな文章なんかどうだっていいんだよ。このおねえちゃんの写真を見て、立つのか立たないのかを聞いているんだよ」といった。だからといって「そういわれれば、立ちますね」なんて即答するのも微妙だよなと私は思い、「はあ」とあいまいな笑みを浮かべて、いよいよ困惑をよそおうばかりである。

ハヤシ取締役が「ほっほっほっほっ」と両目を思いきり細めて笑い、ノグチ編集長が「うんうん」「うんうん」とひとり合点したように、しきりにうなずきながら言葉をついだ。

「だからさ、雑誌はさ、編集者が自分で勃起しないような記事を作ったってしょうがないわけさ。グラビアの女の裸に限らず、活版記事でもさ、とにかく担当編集者がビンビンにエレクトして、もう射精寸前で作っていますという記事でなくっちゃ面白くないんだよ」

四名の新入社員は全員「はあ」と目を伏せて、しばらく中年おじさんたちの怪気炎《かいきえん》に耳をかたむけているしかなかった。三十分ほど話すと、アカボシは『JIRO』のキタバヤシ編集長とともに去り、残った三名のうち、タケウチは政治班に、サトーはスポーツ・芸能班に、そして私は経済班に配属するとノグチ編集長に告げられた。しかし編集部内の事情で、私だけはいったん連載小説や麻雀《マージャン》記事などを担当するコラム・連載班の片隅に机をおくこととなった。

編集長自ら「ビンビンにエレクトして作ろう」と公言するだけあって、『週刊マンデー』の編集にたずさわる女性社員は、毎号表紙の担当をしている五十代の女性がひとりだけ。ほかには編集部の総務や経理の仕事を受けもつ二十代の女性が二名と、高齢の庶務の女性が一名。フロアに女性社員はこの四名しかいない。じつに灰色で殺風景な男社会である。

『週刊マンデー』は通常号一冊百五十円である。かりに七十万部売れたとすれば、単純計算で売り上げは一億五百万円。加えて誌面には毎号数千万円単位の企業広告が掲載されている。すなわち一冊発行するごとに一億数千万円のビジネスになるのだ。それを年間五十冊も刊行しているのだから、一九七〇年代なかば、雑誌の中でも総合週刊誌は大手出版社にとって、まさにドル箱といってよかった。

蒼学館は創業五十年を過ぎたところで社員数は六百人ほどである。その中にあって『週刊マンデー』の盛衰は社運を大きく左右する。やや大げさにいうならば、蒼学館だけでなく、このころの大手出版社にとって総合週刊誌は「原子力発電所」とも「航空母艦」とも譬《たと》えられる巨大な存在だったのである。

6

一九七四年(昭和四十九年)初夏、私はKと結婚した。

この年三月にはフィリピンのルバング島の山中に二十八年間潜伏していた小野田寛郎元陸軍

少尉が帰国をはたしている。四月から六月にかけて、上野の東京国立博物館でレオナルド・ダ・ヴィンチの絵画「モナ・リザ」が一般公開され、約五十日間に百五十万人以上の人々が押しよせて連日長蛇の列をなしていた。

東京の中野で行なわれた私たちの結婚披露宴の受付に並んだ列席者は、両家合わせて四十人ほどだっただろうか。この日の恥辱を私は決して忘れない。太宰治は、やはり二十歳を過ぎてまもなく、山の小さな温泉宿で元芸者の初代とささやかな祝言をしたと書き、そのとき母は「しじゅうくつくつと笑っていた。」(『葉』)と記しているが、私たちの場合は、お世辞にも和気藹々《きあいあい》というわけにはいかなかった。

私の母は、披露宴の会場で、「ほら、見てごらん。あちらのお兄さんがおまえをずっとにらんでいるよ」と周囲にも聞こえるような声で私にささやき、いまからでも遅くないから解消したらどうだろうと冗談めかしたような笑顔で私に提案した。そういう母の顔色は不気味なほど真っ青だった。私の両親の手前、しかたなく列席しているのだぞといった風情《ふぜい》の黒い式服姿の叔父や叔母たちもみな一様に口数少なく視線を落としたままである。

一方、Kの両親は、このひとり娘の晴れの日に不在だった。高齢の父親が十日ほど前に脳出血で倒れたのである。幸い一命は取りとめたものの妻につきそわれて地元の病院に入院したきりだった。式を延期しようと私はKに提案したが、見舞いに行って母親や親族と相談して帰ってきたKは「予定どおりに挙式しろっていわれた」と譲らなかった。Kは、本来、静かで控え目な人柄なのだが、一度こうと決めたら多少の困難には動じない頑《かたく》なな一面があった。とりわけ私の母に対しては意固地になっていた。

Kの両親の席には大阪から出てきた兄夫婦が座った。私は、この日が、Kの兄と初対面だった。ほかにも急用で出席できなくなったというKの親類などもいて、終始、両家の間に不穏な空気がただよいつづけた披露宴だった。私はみなをこんなに不快にさせている。そう思うだけで私の胸は張りさけそうだった。馬子にも衣装というけれど、貸衣装の羽織袴《はかま》は痩せている私にはサイズが合わず、おなかに小さな座布団を充《あ》てられた。この日の私は馬子以下だった。何もかも消えいりそうに恥ずかしい結婚式だった。

私の大学の硬式野球同好会の後輩が余興に植木等の『スーダラ節』を披露したあたりから会場はさらに混迷の色を深めた。つづいて立ったKの仏文科の元同級生も「K、おめでとう。先日は、私、もう駄目なんて不吉な話をしてたのに、やっぱり、この日が来たんですね。おめでとうございます」などと曰《いわ》くありげなスピーチで列席者の困惑を後押しした。

最後に、私は、司会者から、突然、今日の宴《うたげ》に対する新郎の謝辞をと求められた。羽織袴でのスピーチとなれば、しどろもどろにならなければ太宰治ではない。しかし私の場合は「くにゃくにゃと、どやしつけてやりたいほど不潔な、醜女の媚態を以て立ち上り」（『善蔵を思う』）という太宰よりさらにひどかった。

酔った頭に両家の親族や列席者への謝辞など一言も思いうかばない。そもそも誰かに礼をいわなければという発想自体がないのである。マイクの前に立ち、窮した私はやぶれかぶれで「やると思えばどこまでやるさ」と、いきなり『人生劇場』を歌いはじめた。この歌は早稲田の学生にとって第二校歌のようなものである。「あんな女に未練はないが」という二番に入るのはかろうじて思いとどまったが、その二番を飛ばして、一番、三番、四番と、たっぷりと聞かせてしまった。

もともと陰影ただようスローテンポな歌で、おまけにカラオケやピアノなどの伴奏もないアカペラの独唱である。四番に入ると、それまで五月雨《さみだれ》式につづいていた数人の手拍子もやんで、会場はしんと静まりかえってしまった。だが、私としては、何より四番にある「早稲田に学んで波風受けて」という個所と、結びの「人生劇場いざ序幕」という歌詞に鬱屈《うっくつ》した思いのすべてを託したかったのだ。この惨憺《さんたん》たる光景が、その後の人生で何度か唐突に浮かんできたが、そのつど穴があったら入りたい気持ちになった。

宴がお開きになった後、私たちは華やいだ歓声に送られてハネムーンに旅立つでもなく、新婦の初夜のはじらいをいつくしむ閑静で落ちついた高原ホテルの一室を予約しているでもなく、欠席者が出たせいで何個か余った料理や引き出物を白いビニールの風呂敷に包んでもらい、二人で両手にぶらさげ、電車とバスを乗りついでアパートに帰ったのである。

そのころ私たちは西武新宿線西武柳沢駅から徒歩五分の日吉荘というアパートに住んでいた。この日、新郎新婦が帰還した日吉荘は、ちょっとした騒ぎになった。

私たちの部屋は正式には日吉荘二号棟にあり、隣にもう一棟、同じ造りの日吉荘一号棟が建っている。Kは持ちかえった風呂敷包みをほどいて引き出物や菓子などを小分けすると、二号棟の三世帯だけでなく、一号棟の四世帯にまで配りあるいたのである。どうやら結婚の挨拶まわりということらしい。私はそれをKにまかせて自室にこもったきりだった。玄関は反対側なので一戸一戸に挨拶して歩くKの声は聞こえなかったが、しばらくすると窓の外から「あんないい女なのに、旦那は大学生のヒモってか。うらやましいな。おれもあんな女とやってみてぇな」と聞こえよがしの中年男の濁声《だみごえ》が聞こえてきた。

部屋にもどってきたKに、私は「井伏先生、ありがとう」と頭を下げた。太宰治の文学の師が井伏鱒二であることになぞらえて、私は、私より年上で世間知も有するKを「井伏先生」と呼んでいるのだ。「どういたしまして」とKは微笑んだ。でも、ほんと、結婚できてよかったね、といいながらKは大きく両手をひろげて私に抱きついてきた。

その夜、Kと私は日吉荘の四畳半で蒲団をくっつけて新婚初夜を過ごしたのである。朝から貸衣装の文金高島田《ぶんきんたかしまだ》でさすがに疲れたのか、それとも、ふだんあまり飲まない酒を飲んだせいなのか、夕食後、一緒に出かけた銭湯から帰ってくると、Kはほどなく眠りに落ちてしまった。私はKの寝顔を見つめ、まるで一仕事終えましたねといっているような安らかな寝息を聞きながら、たとえようもなく幸せな気分に包まれていた。

7

『週刊マンデー』は一九六九年（昭和四十四年）八月に創刊されている。高校三年生の私がサナエ先生と下北半島一泊旅行に出かけた直後。東大安田講堂攻防戦の半年後で、アメリカのアポロ11号が人類初の月面着陸を成功させた翌月のことである。

私が編集部に配属された七六年春は、創刊から六年半が過ぎたばかり。にもかかわらず男性社会人向け週刊誌の中で部数トップの座を占めて、毎号七十万部前後の売り上げを記録していた。プロ野球界に巣くう野球賭博と八百長プレーの実態を追及する一連の「黒い霧」事件の報道や芸能界の乱れた男女関係を暴露する「衝撃の独白」シリーズなどが、そろそろ三十代に差しかかる団塊の世代のサラリーマン層に支持されていたのである。

新聞社系の週刊誌が戦前から刊行されている一方で、出版社系の週刊誌の歴史は、それほど長くない。一九五六年（昭和三十一年）二月に刊行された新潮社の『週刊新潮』が最先発で、以後、文藝春秋の『週刊文春』、論談社の『週刊時代』とつづき、蒼学館の『週刊マンデー』は、その『週刊時代』から編集長はじめ多数の人材を引きぬいて創刊されている。そんな「掟《おきて》破り」の新参者が創刊からさして日をおかず類誌ナンバーワンの地位にのしあがったものだから、『週刊マンデー』の編集部員や取材記者たちの鼻息は荒かった。

編集長は論談社出身の初代のアラキ編集長から蒼学館生《は》えぬきで二代目のノグチ編集長に代わっていたが、幹部編集者やフリーランスの記者の多くは創刊以来の海千山千のつわものばかり。そんな彼らの新入社員に対する態度は、今日ならブラック企業と名指しされても不思議ではない、じつに峻烈《しゅんれつ》で過酷なものだった。

私たち三人には初日から痛烈な洗礼が待っていた。

いわゆる「お客さん」である期間は一日もなかった。編集部の電話はダイヤル式の大きな黒電話である。内線切りかえはなく、どの社員も自分の席で通話ができるよう、二人に一本程度ずつ直通電話が配置されている。この二十本ほどの直通電話に外から電話がかかってきたとき、新入社員のうちの誰かが駆けつけ、呼びだし音が三回鳴るまでに受話器を取って応答しなければ、たちまち周囲から「ほらあ、おまえら、何してんだよ」と罵声や怒号が飛んでくるのである。

初日、目の前の黒電話が鳴っているのに手を伸ばそうともせず、椅子にふんぞりかえったままで私を叱りつけるデスクを見たとき、私はてっきり冗談かと思い、反射的にあいまいな笑みを浮かべてしまった。すると、すかさず「何だ、貴様、何笑ってんだ」と凄まれて、すっかり縮みあがってしまった。デスクや古参社員たちは、目の前の電話が鳴りはじめても決して受話器を取ろうとせず、私たちのダッシュを一日中チェックしているのである。

タケウチ、サトー、私の三人は、はるか彼方の机の上で電話が鳴るたび腰を浮かして周囲を見わたし、ほかの二人の姿が見えなければ、すぐさま席を蹴って猛ダッシュしなければ、とても間にあうものではない。当時『底ぬけ脱線ゲーム』というテレビのバラエティ番組があったが、三回ベルが鳴るまでに駆けつけて受話器を持ちあげなければならないという編集部内のルールは、そのゲームにも似て、くだらない、ばかばかしいと思いつつ、私たちは毎日絶えまなく鳴りひびく電話のベルに耳をそばだて、全神経を集中していたのである。

雑誌編集者といえば聞こえはよいが、私たち三人の新入社員の仕事は、まず、この電話へのダッシュ、お茶くみ、それに弁当や出前の注文だった。まだ一人前に編集や入稿の仕事ができないのだから、当然といえば当然なのかもしれないが。そして、ほどなく地獄の夜がやってくる。

8

私は金槌なので、他愛もなく、Kの美貌と肉体に溺れてしまったのだろうか。

私は太宰治と同じく金槌である。太宰は自伝的小説である『思い出』に「胸泳」が得意だったと記しているが、それはフィクションで、友人の山岸外史が太宰は金槌だったと回想している。それはともかく、私にとって、Kとの出会いは、まるで奇跡のような出来事だった。同じ大学に通う身とはいえ、本来、私はKと出会うはずがなかったのである。

おぞましい結婚披露宴に先立つ四年前の一九七〇年春、私は早稲田大学法学部に入学し、上京してきた。ちょうど大阪万博が開幕したころである。一年前に東京の大学の法学部に進学していた兄と二人で東急東横線中目黒駅のちかくの一DKのアパートで自炊生活を始めることになった。私はひとり暮らしを望んだが、別々に部屋を借りれば仕送りもよけいに要るし、私の性癖を危ぶむ母も私に簡単に独居を許すはずがなかった。

私は大学に入っても、とくにサークル活動などするつもりはなかった。しかし一DKというものの実態は六畳一間にひとしいような狭いスペースに、大の男が二人で起居するのは、じつに苦痛で気づまりなものである。

二月中旬、受験のために上京し、やれやれ、四月からこんな生活が始まるのかとげんなりしていたところ、兄の中学高校時代の友人で、私にとっても常に一学年上の上級生だったヤグチ先輩という人が部屋に遊びに来た。先輩は法政大学で釣りの同好会に所属し、すでに関東学生釣魚団体の幹部だといい、私に磯《いそ》釣りをしないかと勧めたのである。ヤグチ先輩は私が泳げないことを知らない。磯釣りは難しくないのかと問うと、「いや、陸《おか》釣りよりはずっと簡単だよ」とへらへらと目尻を下げた。

ヤグチ先輩は私の早稲田の合格発表を見にキャンパスにも同行してくれた。法学部と第一文学部の合格発表は同じ三月九日だった。私は運よく両方の学部に合格していたが、公衆電話で郷里の父に報告すると、法学部のほうが就職に有利だぞというので法学部に入ることにした。

その夜、上野駅発の急行列車でいったん帰郷し、数日後、入学手つづきのために再上京してくると、すでにヤグチ先輩は早稲田の釣魚同好会の幹部に連絡をすませていて、私は先輩と一緒に西早稲田のキャンパスに行き、その場で入会が決まってしまったのである。その同好会には、磯釣り、海釣り、渓流釣りの三つの班があったが、私は、当然、ヤグチ先輩と同じ磯釣りを選択することとなった。

磯釣りは伊豆七島などの荒磯に立って石鯛や石垣鯛などを釣るのである。泳げない私が、そんな危険きわまりないサークルへの入会を拒まなかったのは、とにかく狭苦しいアパート生活を数日間でものがれて離島や海辺の旅ができると思ったからだった。

実際、私は、一年生の春から秋にかけて、式根島、三宅島、八丈島などの合宿に何度か参加した。けれども根がヤグチ先輩ほどの釣り好きではない。それに何より私は泳げないのである。同好会でも誰にも打ちあけなかったが、荒天で波のうねりの高い早暁など、チャーターした漁船の舳先《へさき》から釣り場である岩礁に飛びうつったりするとき、文字どおり、私ひとりはひそかに命がけだったのである。

入学から一年半が過ぎ、大学二年の夏休みの後、私は西武新宿線下井草駅ちかくのアパートで念願のひとり暮らしを始めることになった。それまで私と中目黒の一DKで同居して三田の大学の法学部に通っていた兄が、家業を継ぐべく、もう一度受験勉強をして医学部進学を目ざすというので、私たちは別々に暮らすことになったのである。

私にとっては思いがけない朗報だった。これこそ東京での真の学生生活の始まりだった。私は、さっそく早稲田の学生が多く住んでいる西武新宿線沿線で「家賃月額二万円以下」を条件に部屋を探した。そのアパートは六畳の和室に三畳の台所とトイレがついた一DKで家賃は一万八千円だった。民家の二階を増改築した物件なので階下に大家が住んでおり、外階段はあるものの、人の出入りはほぼ筒抜けである。風呂がないのも難点だったが、それでも大学生には十分贅沢《ぜいたく》なアパートだった。

ひとり暮らしを始めた私は、もう東海汽船に乗って伊豆七島に行く必要もなくなり、大隈講堂のちかくの第一学生会館にある釣魚同好会の溜《た》まり場からも自然に足が遠のいた。溜まり場といっても三、四人並んで座れる長椅子がテーブルをはさんで向かいあわせにおかれているだけで、サークルの学生たちは、そこで授業の合間の時間を雑談して過ごしたり、連絡ノートに目を通し、次の合宿の計画を確認したりする。しかし、私は、サークルにさほど気の合う仲間も居らず、もう辞めた気でいたので、その溜まり場のこともすっかり忘れかけていた。

ところが、大学三年の春、五月上旬の火曜日の昼下がりのことである。授業が終わって法学部のそばの南門から出てくると、突然、激しい雨が降ってきた。私は傘を持っておらず、とりあえず雨やどりをしようと学生会館に駆けこんだ。ついでに、ほぼ一年ぶりに溜まり場をのぞいてみた。そこに白いブラウスに青のサマーセーターを着た女子学生がぽつんとひとりで座っていたのである。

Kの顔には何となく見おぼえがあった。入学直後、学内の教室で行なわれた釣魚同好会の総会のとき、「美女がいる」と目に止めた記憶があった。だがKは磯釣り班でなく渓流班の新入生だった。それきりで、以後、この溜まり場でもサークルの飲み会などでも一度も顔を合わせたことはなかった。

おそるおそる「同好会の人ですよね」と声をかけると、Kは「あなたも、ですよね」と小首をかしげて微笑した。その瞬間からたちまち私はKに溺れてしまったのである。

どこことなく憂いをふくんだ大人びた美貌の持ち主で、少し後の話だが、ある日、キャンパスのベンチに二人で並んで座っていると、しぼりのTシャツを着た長髪の男子学生がフォークギターを片手に寄ってきて、Kの隣に腰かけ、いきなり「あなたがほほえみを少しわけてくれて」と天地真理の『ひとりじゃないの』を歌いだしたのでびっくりしたことがある。そのときもKは慌てず騒がず、つと立ちあがり、「行きましょ」と私の背後にひらりと身をかわしたので、Kにとってはよくあることなのかと私は二度驚かされたのだった。

第一文学部仏文科の三年生だというKは、幼いころから祖父につれられて渓流釣りを趣味にしていて水泳も得意とのことだ。私は津軽半島の海辺でそだったが、じつは泳げないのだとKに明かした。高校は太宰治の後輩で、生家もちかいと説明すると、「それじゃ金木《かなぎ》町かな」と、文学少女だけあって太宰の生家のある町の名を知っていた。

次の週の火曜日、私は三時限の授業が終わった後、また溜まり場をのぞいてみた。Kが「今年は火曜日の二時から四時までが授業の谷間」と話していたので、もしかしたら今日も会えるかもしれないと期待したのである。

けれども、この日、Kは溜まり場に姿を見せなかった。代わりに四月から渓流班の新リーダーになったという黒縁眼鏡のワダが、「よう、おまえ、まだ同好会に居たのかよ」といいながら、わざわざ私の正面に腰を下ろすと、険しい目つきでにらみつけてきた。ワダは政経学部の三年生。真っ黒に日焼けして筋骨隆々の男である。重いリュックサックを背負い、山中にテントを張って野営しながらイワナやヤマメを釣りあるく渓流班には屈強な男子学生が少なくない。ワダはその筆頭格である。

釣魚同好会からしばらく遠ざかっていた私は知らなかったが、ワダが近所の雀荘に去った後、居あわせた磯釣り班の同級生が耳打ちしてくれた話によると、Kは渓流班のマドンナで、最近、ワダは、そのKのことを「おれの女」とサークルの中で吹聴《ふいちょう》しているのだという。「ふうん、そうなんだ。できてるのかな」と尋ねると、同級生はいかにも興味なさそうに「おれの女っていうんだから、そうなんじゃねえの」と答えるので、私は内心「聞かなきゃよかった」と、ひどく泣きたい気持ちになった。

次の火曜日の昼下がり、私は、穴八幡の文学部のキャンパスに出かけていってスロープの縁に腰かけてKを待ちぶせた。三時限の授業が終わり、ぞろぞろと学生たちが坂を下ってくる。Kの髪形はありふれたボブカットだが、白地に花模様を散らしたワンピースを着て歩いてくる姿は一目でわかった。背後から近づいて、横に並びかけながら「こんにちは」と声をかけると、Kは「あ」と少し驚いた様子だったが、「なんでこんなところにいるの」と笑顔になった。私は「よかったら、ちょっとフランス語を教えてほしいんだ」と地下鉄早稲田駅ちかくの喫茶店にKを誘った。

しかし、結局、その日、私はフランス語の教科書を取りだす間もなく、ずっとKの美貌と笑顔に見とれてしまった。Kは仏文科の学生らしくアラン・ロブ＝グリエやミシェル・ビュトールといったヌーボー・ロマンの旗手たちの新しい作品も読んでいた。私はフランス文学ならフローベール、アンドレ・ジイド、アルベール・カミュの小説が好きだなと答えた。Kはシモーヌ・ド・ボーヴォワールの『第二の性』について意見を述べて、私はジャン＝ポール・サルトルの実存哲学に興味があるんだと話すうち、たちまち一時間半が過ぎ、Kは「よかった。サークルにも話のできる人がいて」と屈託なく笑った。

これから教室に帰って五時限の授業に出席するというKに、次は来週ではなく、今度の土曜日の午後、高田馬場の洋食店で食事をしながら少しフランス語を教えてもらえませんかと誘った。Kは一瞬考えるように視線を宙に泳がせたが、「うん、いいよ」と笑顔でうなずき、私は天にも昇る思いで下井草の部屋に帰った。

私がKに助けられたのは、何といっても、フランス語の初歩を一から教えなおしてもらったことである。じつは私は一、二年生のうちに履修すべき第二外国語フランス語二科目の単位を出席日数不足で落としていて、この年、三年生になって再挑戦していた。だが、もはや教室には私の恥ずかしいほど初歩的な質問に答えてくれる同級生はひとりもいない。すでに授業は始まっているのに、いまさら初歩の動詞の変化などどうやって学びなおしたらよいのだろうと途方に暮れていた。

そんな私の前に、突然、仏文科三年の女子大生が現れたのである。私にとってKはまさに救世主だった。喫茶店や洋食店での集中レッスンが進んでいくにつれ、とてもではないが、お茶を飲んだり食事をしながらでは教わりきれない。私の部屋でゆっくり集中講義をしてよと誘い、「一生のお願い」と大げさに両手を合わせて頭を下げた。

私の度重なる懇願に根負けしたように、ついにKは苦笑しながら「それじゃ一泊二日の合宿ね」と泊まりがけのレッスンを約束してくれたのである。自分が年上でもあるし、私のあまりに低いレベルのフランス語の学力を憐れんで、つい狼《おおかみ》を甘く見たのかもしれない。

六月上旬の金曜日、夜七時に下井草駅で待ちあわせていた。私は夕方からご飯を炊いて、あとは卵を溶いて巻くだけでオムライスになるところまで下ごしらえして部屋を出た。なにしろ中学生のときから長い下宿生活なので、私は、チャーハン、カレーライス、親子丼といったデパートの食堂のメニューにあるような一品料理は得意なのである。

青森で下宿していた中学高校時代までさかのぼっても、意中の女性を自分の部屋に招くのは初めてだった。はやる心を抑えきれず、六時四十五分に改札口に着いた。次々と下りの電車が到着し、勤め帰りの男女が降りてくる。電車が一本着くごとに胸の鼓動が高なる。

七時を過ぎた。次の電車だ。だが、その電車からもKは降りて来ない。どうしたのだろう。下井草駅には急行電車は停まらない。まちがえて急行に乗ったまま上石神井駅まで行ってしまったのだろうか。となると上りの電車から降りてくる顔もチェックしなければならない。上り下りの電車が停車し、人びとが改札口を通るつど、私は「今度こそ」と目を皿にして注視した。たちまち三十分が過ぎ、一時間が経過した。

私は十代のころから待つことには慣れていた。青森の中学に越境入学し、下宿生活を始めたころ、近所に親しい同級生もいない私は、放課後、毎日のように国道四号線の歩道橋の上に立ち、行き交う車の群れをぼんやり一時間も二時間も見おろして過ごしたものだ。

そのうち車のナンバープレートの四ケタの数字を、例えば「7254」なら「7と2で9、5と4で9」、「9135」なら「9、1と3と5で9」というように、等数に分割できるかどうか、すばやく計算する遊びを思いついた。四、五台に一台程度は分割できる。私は、この自ら「分解」と名づけた遊びをしながら、昨日は五十台見つけた、今日は百台数えたと、ひとり日の暮れるまで歩道橋の上に佇《たたず》んでいたものだ。

時計を見ると、すでに八時半だった。上り下りでもう数十本の電車が通ったが、いまだにKは降りて来ない。もしかしたら約束の日時をまちがえているのだろうか。急病にでもなったのだろうか。まさか、そんなことはないだろう。それとも最初から私の部屋に来る気などなくて、私はからかわれただけなのだろうか。

時計は八時五十分を指している。もう二時間か。さすがに失望は絶望に変わりかけていた。もう一本だけ待って、次の電車で来なかったら帰ろう。最初から来る気はなかったのだと、これでKのことはきれいさっぱりあきらめよう。そう思った。

次の電車が停まった。七時台の電車に比べると降りてくる人影もまばらである。どうか、この電車に乗っていてください。そう祈る思いで疲れた両目をぎゅっとつぶって開くと、まるで夢の中から飛びだしてきたように、小走りに駆けてくるKの姿が見えた。

Kは改札口で駅員に切符を手わたすと、まっすぐに私の前に歩みよってきて、「ごめんなさい」と深々と頭を下げた。そして息をととのえながら、「渓流のミーティングが長びいて抜けだせなかったの」といった。つまりワダたちと一緒にいたというわけだ。だが「さっき、やっと終わって。飲みに行こうと誘われたけど逃げて来たの」と聞いたとたん、私の恨みがましい気持ちは、たちまち雲散霧消した。次の瞬間、太宰治の名台詞《めいぜりふ》が脳裏に浮かび、私はとっさにこう口にしていた。

「待つ身がつらいか、待たせる身がつらいか。じつは、ぼくも部屋で寝すごして、さっき、五分前に来たばかりなんだ」

後段は私のたわいない作り話だったが、Kはどう受けとったのか、「うふふふ」と愉快そうに笑いだし、ぎゅっと両手で私の左腕にすがりついてきた。

Kはピンクのトレーナーに青いジーンズ姿で、小さなボストンバッグをたずさえていた。住宅地に点在するキャベツ畑の中の細い小道を抜けて、大家の老夫婦に気づかれないよう静かに階段を上り、ドアの鍵を開けると、Kは小声で「おじゃまします」といってスニーカーを脱いだ。

レッスンを始める前にオムライスを一緒に食べたので、「はい、それじゃ今日はここまで」とKが私のフランス語の教科書を閉じたときは、もう十二時を過ぎていた。

私は二十歳だった。枕もとの電気スタンドの豆電球だけをともした仄暗《ほのぐら》い室内で、Kは「でも、私、初めてじゃないのよ」と小声でいいわけめいた言葉を口にし、少し恥ずかしそうに後ろ向きになり、白い下着を自ら脱いで全裸になると、蒲団の中で身を硬くしている私の横に添い寝してきた。私の陰茎はすでにこれ以上ないほどに硬く勃起していた。

少しの間、そのまま二人で暗い天井を見あげていた。私が「ふう」と息を吐き、上半身を起こしかけると、Kは私の動きを制し、そっと枕もとに手を伸ばして豆電球を消すと、先刻までフランス語の文法を教えていたのと同じ調子の低い声で、「テントの中ではこうするのよ」とささやいた。そして私の男根に左手を伸ばし、柔らかい五本の指でまさぐりながら、私の下半身にまたがるように静かに体を重ねてきた。耳もとで「ふん」と熱い鼻息がひとつもれてきたのをきっかけに、Kが徐々に上体を起こし、おずおずと腰を動かしはじめたのがわかった。

こんなしぐさを、いつ、どこのテントの中で、誰に教えられたのだろう。Kを最近「おれの女」といいふらしているという黒縁眼鏡のワダや、去年渓流班のリーダーだったオザキ先輩たちの顔が次々と脳裏に浮かんで、私は激しい嫉妬を覚えた。

暗闇にしだいに目が慣れてくる中で、かねて夢想していたより柔らかい二つの乳房の形と重さを確かめるように下から両手で揉みあげる。くそっ、こんな美形が「初めてじゃないのよ」だなんて。おまえ、いったい誰と寝たんだ。叫びだしたくなるような荒々しい欲情が下腹部の奥からこみあげてきて、私の陰茎はいきりたち、激しくKを突きあげた。

「誰？」

低い声で尋ねたが、Kは無言のままである。いや。秘密よ。教えてあげない。まるで、そう答えているかのように、濡《ぬ》れた瞳がじっと私を見おろしている。もしかしてワダやオザキ先輩より上のOBたちなのか……。関係ないでしょ。あなたの知らない田舎の高校生よ……。嫉妬で狂いだしそうな私の視線を無視するように、Kは左手で黒髪をかきあげ、上体を大きくのけぞらせている。気がつくと私はこう問いかけていた。

「まさか、ワダじゃないよな」

Kは目を閉じて、首を小さく横に振る。

「いや。タカザワくん」

私は、Kの細くくびれた腰を両手で支え、硬く屹立《きつりつ》する陰茎を突きさしたまま、ゆっくりと揺らすように持ちあげ、それから不意に両手を離し、奥まで深く貫いた。数年前、下北半島の海辺の宿でのサナエ先生との情事を思いだしていた。もう一度。さらに、もう一度。あ、いや、いやっ。Kは小さな悲鳴をあげて、私の上に崩れおちてきた。私たちはひしと抱きあい、室内は闇と静寂に包まれた。

何分間そうしていただろう。Kがそっと右手を伸ばしてきて、いや、また硬くなってる、と潤んだ声でささやいた。今度は私が上になり、ゆっくりと挿入していった。

枕もとの明かりをつけても、Kはもう拒まない。無言で何度も深く出し入れしながら、Kの悦楽にゆがむ顔とのけぞる体をつぶさに観察する。サナエ先生には悪いが、これは、とても比較にならない。薄紅色の乳首を吸うと、「ね、わきの匂いかいで」とKはいった。私はKの両腕を頭上に押しあげ、少し汗ばんだKのわきの匂いを右と左と交互にかいだ。わき毛がほんの一、二ミリ伸びている。

穴八幡の文学部のスロープの縁に腰を下ろして目の前を通る女子大生の品さだめをしている男子学生なら、きっと大半が心を奪われ、ひそかに下宿の夜の手なぐさみの対象としているにちがいない仏文科三年生のK。

いま私は、そのKの四肢を男くさい煎餅蒲団の上に組みしいて、彼女に懇願されるまま、甘酸っぱいわきの匂いをくんくんとかいでいる。雌の匂いだ。もう十分熟れている。たちまち暴発寸前となった私は、Kの腕を押しあげたまま、左右に開いた両肘を押さえつけ、その両わきを舌で舐《な》めあげながら、一気に腰の動きを速めていった。ああーっ、いやっ、タカザワくんっ、いやっ、いやん、いやん。Kはあられもない大声を何度も発して弓なりになり、ぴんと伸ばした両足をふたたび私の腰に強くからませてきた。私も思わず「K」と強く太い声を発し、その体を逃がさず、きつく抱きしめていた。

この夜を境に、Kと私は釣魚同好会の仲間の前から忽然《こつぜん》と姿を消した。私たちは授業をさぼって毎日のように会い、会えば別れがたくて互いの部屋にしのびこみ、夜から朝まで夢中で肉体をむさぼりあう仲になっていった。階下の大家の老夫婦は露骨に苦々しい顔をして、私に挨拶すらしなくなったが、私たちは気にしないことにした。

ときにはKに誘われるまま銀座四丁目の三越の一階に前年オープンしていたマクドナルド日本第一号店や、新宿駅西口の彼方に高くそびえる京王プラザホテルを眺めに行ったりもしたが、私はKと手をつないで歩いていると、すぐ誰もいない部屋で二人きりになりたくてたまらなくなり、三十分もしないうちに「もう帰ろうよ」と不機嫌になっているのだった。

私の部屋にも、北沢にあるKのアパートにも電話はない。大家に電話を取りついでもらうことも望めず、サークルの溜まり場での待ちあわせもできなくなったKと私は、ときどき高田馬場駅構内の伝言板を連絡に利用した。「井伏先生。今日四時に新宿紀伊国屋書店の前で待っています。美知子」という具合である。

Kは「井伏先生」で、私は「美知子」である。井伏鱒二は早稲田の仏文科を中退していてKの先輩に当たる。Kは私の文学の師ならぬフランス語の師であるし、さらに井伏と同じ中国地方の出身で渓流釣りを趣味とする。だから井伏先生だというと、Kは「やだ。私、あんな丸顔のおじいちゃんじゃないよ」と頬をふくらませてみせたが、そのじつ、まんざらでもなさそうだった。一方、美知子は太宰の二人目の妻の名である。

やがて夏休みに入り、私のほうがKより数日早く夜汽車で青森に帰省することになった。Kも夏のサークルの合宿には参加せず数日中に郷里に帰るという。

二か月ほど会えなくなるので、前夜は私が北沢のKの部屋に行き、一晩中抱きあい、早朝六時に下井草に帰った。その日、私は大学には行かず、荷物をまとめて、夕方部屋を出る。一方、大学からの帰り道、Kが高田馬場駅を通過するのは五時半過ぎになる。一足早く高田馬場駅で山手線に乗りかえて上野駅へと向かう私は、いつもの伝言板に「井伏先生。夏休み中も毎晩夢の中で。Au revoir 美知子」と書いて青森に帰っていった。フランス語の「Au revoir」は中国語の「再見」と同じ。「さよなら。またね」という意味である。

これがKと私のなれそめである。このように金槌の私が釣りのサークルに入ったのも不思議な縁だったし、あの日、あの時刻、突然早稲田のキャンパスに激しい雨が降って来なければ、私には、ほかにどこにもKと知りあう機会はなかったはずなのである。だから私は、Kとの出会いこそ奇跡なのであり、この人こそ私と赤い糸で結ばれている相手なのだろうと信じて夢中で結婚まで突きすすんだのである。

第二章　夏

1

毎週水曜日の夜から木曜日の朝にかけて、『週刊マンデー』編集部は地獄と化した。年に五十冊も刊行される週刊誌が二十数名の社員編集者だけの力で作れるわけがない。この夜、編集部には一晩中こうこうと明かりがともり、大勢の人々が蝟集《いしゅう》した。

入稿する原稿の行数をチェックし、写真や記事全体のレイアウトを担当する整理班と呼ばれる人々。社員編集者とともにあちこちの現場を取材に飛びまわるフリーランスの取材記者。彼らの書いたデータ原稿をもとにして最終原稿をまとめあげるアンカーマン。カメラマン、イラストレーター、小説やエッセイなどを連載している作家、評論家、漫画家。さらに広告関係の人々や印刷会社の担当者などもいる。いちいち数えたことはないけれど、毎週百人前後の人々が出入りしていたはずである。

この夜は『週刊マンデー』の一・二折《おり》、すなわち一折と二折の入稿日なのである。『週刊マンデー』などの男性週刊誌の判型はB5判という。B1判の紙一枚の表と裏で計三十二頁が印刷できる。この三十二頁を通して読める形に折りたたみ、折り目を裁断したものを出版印刷用語で「折」という。この折を雑誌の中心から五折、四折、三折、二折、一折と順に重ねて綴《と》じて一冊の週刊誌ができあがる。

手に取ればわかるが、週刊誌は巻頭と巻末のグラビア頁をのぞいて、目次からトップ記事へとつづいていく前半部の三十二頁と、同じ紙に印刷されている後半部の三十二頁に、いわゆるスクープ記事など人目を引く派手な特集記事が並んでいる。一方、中央部の三、四、五折は、地味な実用記事、連載小説、エッセイ、コミックなどの定番記事で占められている。

すなわち一・二折の六十四頁は毎号最終締切の直前に制作される最新ニュースとトピックスを詰めこんだ「週刊誌の華」なのである。

この一・二折六十四頁分の原稿は、入稿されるとただちに帝国印刷板橋工場に運ばれ、版が組まれて、木曜日の夕方には次々と校正刷りが出る。最終校正のための試し刷りである。翌週月曜日朝の発売に間にあわせるため、編集者はその板橋工場の構内にある一室に足を運んで、それぞれ担当する記事の校正を数時間のうちにすませなければならない。その作業を出張校正という。

木曜日の夕方六時ごろになると、編集長、各班のデスク以下、一・二折のそれぞれの記事を担当した編集者たちが大きな封筒に収めた取材データをたずさえて広田ビルを出発する。蒼学館本社のそばの地下鉄神保町駅から三田線に乗り、志村坂上駅で下車して、帝国印刷の出張校正室に出むくのである。そこでの校正作業を終えて家路につくのは夜九時か十時ごろ。入稿が遅れて木曜日の昼過ぎにもつれこんだりした場合、校了は深夜十二時を回ることもある。単行本などと異なり、週刊誌では、このわずか一度の出張校正によって校了とされ、数十万部という単位の大量印刷がスタートしてしまうのだ。

かくして毎週水曜日の昼から木曜日の夜にかけて、『週刊マンデー』編集部では延々三十時間以上におよぶ気の抜けない長時間労働がつづくことになる。この間、三名の新入社員は、編集部のさまざまな雑用要員として、自分の担当する記事があろうとなかろうと容易に自宅に帰してもらえないのだ。

入稿日の夜はまず出前の注文が一苦労だった。寸刻を惜しむ忙しさの中、編集者も取材記者たちも、この夜ばかりは徒歩一分のビルの地下にある家族経営の定食屋に行き、定番のカツ煮定食などでそそくさと食事をすませるのが常である。だが、その時間も惜しいと出前ですませる人たちも少なくない。近所の蕎麦《そば》店や洋食店などに新入社員が電話で注文するのだが、これが並たいていの注文ではない。

何事も「こだわり」を旨《むね》とする先輩社員やフリーランスの猛者《もさ》たちである。ハンバーグ定食や天ぷら蕎麦といった通常のメニューでは満足できず、「エビフライ定食をライス大盛りにしてポテトサラダは抜き」だとか「鍋焼きうどんに餅を一個入れて椎茸《しいたけ》はなし」などと独特の注文をする人がじつに多いのだ。そんなユニークな注文を十人、二十人とまとめて店に電話で取りついで、あげく届いたエビフライ定食のエビが一本多いだの少ないだのと叱られたりするのだから、同期の某君が深夜もう人っ子ひとり通らない上階の階段の踊り場の暗闇に体育座りで身をひそめ、さめざめと泣いていたのも無理からぬ話ではあった。それでも弁当や出前の注文は、いわば一過性。一晩に夕食タイムは一度しかない。

しかし、お茶くみは一度きりではない。編集部の片隅に小さな水屋があってガス台や冷蔵庫もおかれている。毎週、入稿日の夜、新入社員は三十分か一時間おきに上司に命じられるたびにお茶をいれて配って歩く。これが明け方まで延々とつづくのである。

なにしろお茶を出す相手は常時何十人といる。お茶やコーヒーは飲みたいときに自分でいれるからかまわないでくれなどという奇特な人は、この究極の男社会に、ただのひとりもいない。というわけで私たち三人の新入社員はほぼ三十分おきにガス台で湯を沸かし、数個あるポットに湯を満たし、大きなトレーに並べた数十個の茶碗《ちゃわん》に急須でお茶をいれ、ちょうど駅のプラットホームで弁当を売るような格好で、編集長やデスクや先輩社員や原稿を書いているひとりひとりの席にお茶を配って歩くのである。もちろん、同時に、空の茶碗を回収し、水屋で洗って、ようやく一クール終了となるのだが、そうしているうちに早くも「おおい、お茶」という声が飛んできたりするのだから、一晩中、自分の席に座って何か作業する時間などないようなものである。

このお茶くみに対する先輩社員たちの視線もまたじつに厳しく意地悪だった。私の数年前に入社した某社員は、午前四時ごろようやく帰宅が許されてタクシーで自宅にたどり着いたとたん、部屋の電話が鳴りひびき、受話器を取ると、「おまえ、グラス洗ってねえじゃねえか」と怒鳴りつけられ、ふたたび編集部に呼びもどされてグラスを洗わされたことがあるというから、まったく開いた口がふさがらない。

けれども人は習慣になると、たいていのことに慣れてしまうし、慣れれば少しずつ無難にこなせるようになっていく。あぜんとするような愚行や蛮行は毎週のように見かけるが、新入社員には、この事態をゆっくり考えたりしている暇もなく、次から次へと新たな別の用事が待ちうけている。というわけで、いつしかそうした『週刊マンデー』編集部に対する私の違和感もなしくずしに薄れていってしまったのである。

2

Kと私は日吉荘で新婚の日々を過ごした。

私が下井草の一DKを引きはらい、この部屋に引っこしたのは、法学部四年の秋。一九七三年(昭和四十八年)の晩秋である。第四次中東戦争をきっかけにオイル・ショックが発生し、日本各地でトイレットペーパーの買い占め騒ぎが起きていたころだ。

　家賃は月額二万二千円。木造二階建ての一階ながら、窓は南に向いて日当たりもよく、風呂はないので近所の銭湯に行くのだが、六畳と四畳半の和室二間に小さな台所とトイレがついていた。ほどなくKも北沢のアパートを引きはらい、荷物を運びこんできた。Kは私ほど多くの本は持っていないが、三段重ねで部屋の天井ちかくまで達する書棚のついた大きなコーナーデスクがあった。その机を一角においただけで四畳半は昼なお暗い物置のようになってしまった。二つある押入れも二人の衣類や夜具や釣りの道具などを押しこむと、それだけで上段も下段もほぼ満杯になってしまった。

　日吉荘に引っこしてまもない十一月末、青森県のある地方紙の文化部から私に一通の電報が届いた。「ワタシノポロネーズ、カサクニセキニケツテイ、オリカエシカンソウトケイレキ六〇〇ジ、カオシヤシン、ソクタツデオクラレタシ」。

　じつはKと一緒に蟹田から帰ってきた直後、「おまえも勉強したら車を買ってやる」という母の一言が私を発奮させたのか、私は何かに憑《つ》かれたように十日間ほどで一編の小説を書きあげて、この郷里の新聞社が主催し、毎年正月に発表する懸賞小説に応募していたのである。

　私の太宰治病はいよいよ昂進《こうしん》しはじめていた。バイロンの一節を引いて太宰も記す「一朝めざむればわが名は世に高いそうな。」(『猿面冠者』)の誘惑に私も挑んだのである。

「その頃の私は、大作家になりたくて、大作家になるためには、たとえどのようなつらい修業でも、またどのような大きい犠牲でも、それを忍びおおせなくてはならぬと決心していた。」(『断崖の錯覚』)。

私が生まれて初めて書いた小説は、ピアノを弾く青森の女子高校生である「私」を主人公とした『私のポロネーズ』という原稿用紙五十枚ほどの作品だった。「今日は立春。私の十六歳の誕生日。」という書きだしのその小説が佳作二席に選ばれたという。顔写真を速達で送れというので、私はさっそくグレーのタートルネックのセーターに紺のブレザーを着て六畳間の窓辺に腰かけ、Kに一眼レフ・カメラのシャッターを押してもらった。「井伏先生、ありがとう」と礼をいうと、Kも陽気にはしゃいで「私は、おかしくてならない。カメラ持つ手がふるえて、どうにもならぬ。」と太宰治の『富嶽百景』の一節をそらんじて応じ、二人して「やったね」と手を叩いて笑った。

一月後《ひとつき》、新春一月一日付の同紙が送られてきた。賞の選者は郷土出身の作家、石坂洋次郎である。『青い山脈』や『陽のあたる坂道』などの作品で知られる石坂は、同郷で九歳年下の太宰治から「石坂氏ハダメナ作家デアル。葛西善蔵先生ハ、旦那芸ト言ウテ深ク苦慮シテ居マシタ。」(『創生記』)と書かれたりもしているが、私の作品は、その石坂洋次郎から「さわやかなものが流れていて、読後感は悪くない」と評されていた。ちなみに応募作品は四十六編で、入選は「該当作なし」。佳作一席は四国に住む三十代の大学助教授とのことだった。青森の新聞社で行なわれる受賞式に私は出席せず、代わりに郷里で教師をしている叔父が出席してくれて、ほどなく賞金一万円が日吉荘に送られてきた。

入選でなくても佳作一席なら作品が紙面に掲載されたのにと私は残念に思ったが、この出来事は、法学部の卒業まぢかというのに、会社訪問もせず、就職試験も受けずに過ぎて、文学部への編入学を目ざしている私の気分を大いに高揚させたのは事実だった。

二か月後、第一文学部人文学科三年生への編入学の試験があった。筆記試験は英語だけで、ほかに面接もあったが、倍率は三倍前後と聞いていた。私は高校時代にサナエ先生と二人で学ぼうと試みた英語の受験参考書を開き、ほんの申し訳程度におさらいをしてのぞんだが、長い英文の和訳を中心とした筆記試験はほとんどお手あげで、これでは不合格だろうと自分でも覚悟せざるを得なかった。ただ、数日後、面接試験があった。

人文学科を志望したのは、学士入学では私の希望する哲学科の門戸は開かれておらず、少しでも選択科目の幅の広い学科を選んだのであり、私はもし首尾よく合格できたらジャン＝ポール・サルトルの著作の翻訳者としても知られる松浪信三郎教授のもとでサルトルの実存哲学について教わるつもりだった。すでに松浪教授の著作を数冊読んでいた。

英語の試験の数日後、私は勝負服である学生服を着て面接試験に出かけていった。ドアをノックし、「失礼します」と声をかけて部屋に入ると、「君は文学部で何を学ぶつもりかね」と聞かれたので、「松浪先生のもとでサルトルの哲学を学びたいと思っています」と答えた。すると三人並んだ面接者のひとりが「君は英語の点数があまりよくないね。ここで落ちたらどうするんだ」という。「そしたらまた来年受験します」と答えると、「へえ。せっかく法学部を四年で卒業するんだから就職したほうがいいんじゃないのかな」といわれた。

こんなやりとりもあったので、ほとんどあきらめかけていたのだが、数日後、文学部キャンパスのスロープを上って合格発表の掲示板を見に行くと、私は合格していたのだった。

一方、Kは四月から大手町の小さな貿易会社で働きはじめた。二年前、私と深い仲になるまでは、卒業後は故郷に帰って教員になろうかなどと考えたりもしていたというKだが、私と結婚することになり、東京で暮らすことに決め、仏文科の恩師の伝手《つて》を頼りに、どうにかその会社にもぐりこむことができたのである。

Kの給料は手取り八万円前後で、夏冬のボーナスもあるという。私のアルバイトの家庭教師の収入が月二万円。郷里からの仕送りは、以前より減額されたが、文学部への編入試験に合格したということで、以後二年間、毎月三万円を送金してくれた。そんなしだいで収入は二人合計すれば月十三万円前後となった。ちなみに法学部のころ年間八万円だった私の大学の授業料は、このころ値上げが相ついで、文学部三年時が年十二万円、さらに四年時十六万円と上がっていったが、こちらも以前同様、郷里の両親が全額払ってくれた。こうして私たちは中野での結婚披露宴にのぞんだのである。

3

「ね、ぼく」

コラム・連載班に一時預かりとなった私の向かいの席から、フジノ先輩が仕事の手を休めて話しかけてきた。フジノ先輩は『週刊マンデー』の書評の頁を担当している中年の編集者で、いましがたも神田駿河台下あたりの書店を歩いて山のように新刊本を買いこんできたばかりである。今日はまた今日で、黒と白と緑と赤と青などの色彩が名状しがたく混在するチェックの上着を着ている。

「ぼく、好きな作家は誰?」

こんなとき破滅型の情死作家である太宰治の名前を挙げるのはいかにもまずいだろうと私は思い、「日本人なら井伏鱒二と筒井康隆ですかね」と答えた。大学に六年間も通ううち、太宰のほかにも井伏鱒二、内田百閒、川端康成などの作家の文庫本はあらかた読みつくしていた。六年前、私が大学一年生の秋に市谷の自衛隊駐屯地で割腹自殺した三島由紀夫は『金閣寺』と『潮騒』を読んだ程度で、現役作家では筒井康隆の短編やSF小説を愛読していた。辻邦生の新作も目につくかぎり読むようにしていた。

フジノ先輩は「うひゃひゃ」というような奇声を発して、「ぼく、週刊誌向きの読書してるな」と笑った。それから背後にいた別の班の古参編集者に同意をもとめるように振りかえった。するとと水を向けられた編集者は「やれやれ」と少し呆れたように苦笑して、「もう少し社会的な本を読めよ」といった。

私が「例えば誰ですか」と尋ねると、肩が凝るのか、しきりに首を回しながら、ぽつりぽつりと、森村誠一、梶山季之、山崎豊子といった名前を挙げた。出世作『黒の試走車』で知られる梶山季之は、前年、取材旅行先の香港で四十五歳の若さで急死していた。山崎豊子は折から『サンデー毎日』に連載中の『不毛地帯』が話題となっていた。

私は「はあ」と応じつつ、心の中では「やれやれ」と失望していた。その編集者によると、実生活をともなわない頭だけの読書のことを「空読み」というのだそうだ。その伝でいうなら、井伏鱒二や内田百閒などの小説を読むのはまさに「空読み」だろうし、太宰治の小説などにいたっては、そもそも「空書き」だったとさえいえるのではなかろうか。北の地方都市に住む十代の少年が橋の欄干《らんかん》に頰杖ついて「えらくなれるかしら」と考えたと書いたって何の役にも立たないのだから。ともあれ、この週刊誌の世界では「空読み」と「空書き」はご法度《はっと》なのだなと思うことにした。

コラム・連載班に机をおいて二週間ほど過ぎた金曜日の朝、私はノグチ編集長から正式に経済班への配属を告げられて、さっそく机を移動させた。

「ヤマです」

経済班のデスクは低い静かな声でヤマと名乗った。私より五歳年上。つまり二十九歳というわけだ。中央大学法学部を卒業し、六年前、蒼学館に入社して創刊直後の『週刊マンデー』編集部に配属され、入社七年目で今回初めてデスクになったとのことだ。もっとも経済班といえば聞こえはよいが、この班にはデスクのヤマ先輩のほかに社員編集者は入社二年目のサカモト先輩と私がいるだけである。

私の週刊誌編集者としての初めての取材は、その日の午後のことだった。サカモト先輩につれられて本郷界隈《かいわい》に住む大学教授の自宅に出かけたのである。フリーランスのサクライ取材記者も同行している。まだ自分の名刺がないので、サカモト先輩の名刺の名前部分を黒いサインペンの棒線で消し、その横に活字に似せた下手《へた》くそな金釘流《かなくぎりゅう》で「高沢多久也」と書いた。応接間に通されて、サカモト先輩に紹介されるまま、「まだ自分の名刺ができていないので」といいわけしながら、本社の研修で教わった作法どおり、その名刺を差しだした。教授は「ああ、新人さんですな。よろしく」と如才なく笑った。

教授宅の玄関前で、サカモト先輩から「お客さんじゃないんだから、ちゃんと話をメモしろよ」と命じられていた。応接セットに腰を下ろすと、私はさっそく長方形の油揚げほどの大きさで青い表紙のついた『週刊マンデー』特製のメモ帳を取りだし、サカモト先輩の質問と教授の答えを漏らさずメモしようとボールペンを持って身がまえた。ところが会話の中に「コーテイブアイ」だの「マネーサプライ」だの「コーバイリョクヘイカ」だのと、これまでの人生で一度も耳にしたことのない言葉が頻繁に混じる。何とか会話の流れについていこうとするものの、なにしろサカモト先輩の発する質問の意味すらわからない。ものの十分もすると、ただメモ帳に視線を落とし、断続的にボールペンを動かし、しかつめらしく視線を上げたりして、メモしているふりをしているだけだった。

十五分を経過すると、もはや教授の話は一言も理解していなかった。サカモト先輩も質問のさいメモ帳に視線を落とすが、ほとんど教授の発言をメモしている気配はない。それでも年輩のサクライ記者も一緒なのだからと私は大船に乗った気でいた。サクライ記者はデータ原稿を書くのが仕事なのだし、サカモト先輩も、まさか話の内容も理解できていない私にデータ原稿を書かせたりはしないだろう。そんな甘えもあって、途中からは完全に馬耳東風の状態で、出された紅茶に手を伸ばし、ついでに卓上のクッキーを二個ほどつまんだりしていたのである。

教授の家を辞し、三人で地下鉄に乗り、編集部に引きかえす。吊り革にもたれながらサカモト先輩はサクライ記者と何やら次の取材について話している。「じゃ、今日のデータ原稿は月曜の夜までに上げてください」「了解」といった会話が耳に飛びこんでくる。

編集部にもどると、連日同様の電話アタックやら雑用で、すっかりサカモト先輩の取材に同行したことなど忘れていた。夕刻タケウチやサトーと「今夜飲みに行こうや」と週末のサラリーマンぽい、くだけた口調で相談をした。六時を過ぎると先輩編集者たちもめいめい出入口のそばにあるタイムカードを押して外に出ていく。ころあいを見て、タケウチたちと目くばせし、まだ向かいの席にいるサカモト先輩に「それじゃ今夜はお先に失礼します」と声をかけると、間髪を容れず、サカモト先輩が「あれっ」と大仰な叫び声を上げた。「おいおい。おまえ、駄目だよ。まだ今日の教授のデータ原稿を書いてねえだろ」と口調まで先輩風を吹かしてぞんざいになっている。

「えっ、だって、それはサクライさんが月曜日までに書くんじゃないですか」と尋ねかえした。するとサカモト先輩は呆れたように、「おまえ、何のために取材につれてったんだよ。おまえにとっては練習なんだから、おまえも書くんだよ」という。「ああ、そうなんですか」と答えたものの、さて、何をどう書くのやら、まったく見当もつかない。それまでの人生で一度もデータ原稿なんて書いたこともないのだし、肝心の中身のほうはメモ帳を見なおしたところで今日の話の内容がまったく思いだせないのである。

「データ原稿って、どう書くんですか」

「なんだよ、おまえ、データ原稿の書き方も知らないのかよ」

「ええ、昨日までコラム班にいたものですから」

「しょうがねえな」

そういってサカモト先輩は私を編集部奥の伝票や文具の入ったキャビネットの前につれていった。キャビネットの上に『週刊マンデー』編集部特製の緑の罫線《けいせん》の引かれた二百字詰め原稿用紙が山と積まれている。原稿用紙は五十枚で一冊となっている。サカモト先輩は、その原稿用紙を二、三冊と、書きあげたデータ原稿の上にホチキスで貼りつける表紙を五、六枚私に手わたすと、データ原稿の書き方を説明してくれた。

まず取材に際しては、できるだけ相手の名刺を受けとるようにする。名刺をもらった場合、それを見ながら、表紙に相手の「氏名」「会社名・役職」「住所」を記し、「取材の日時。取材に要した時間」を記録して、「取材同行者がいれば、その名前」を書いておく。こうしておけば、後で「いった」「いわない」と話がこじれたり、万一ややこしい裁判などになったりした場合にも、現場でどんな会話や出来事があったかを思いだす手がかりになるというわけだ。

サカモト先輩に書き方を教えてもらい、机にもどって原稿用紙に向かったものの、さて何を書いたらよいのやら。青いメモ帳をめくっても「コーテイブアイ」だの「カジョーリュードーセイ」などと意味不明の経済用語が走り書きのカタカナで乱雑に記されているだけである。

応接セットのそばの書棚を見ると、『わかりやすい経済用語辞典』という背表紙が目に止まった。「公定歩合」という項目を見つけて、「これだ、これだ」と引いてみると、「中央銀行(日本では日本銀行)が市中の金融機関に対してお金を貸しだす際に適用される基準金利のこと」とある。しかし、その言葉が、どういう文脈の中で語られていたかについては、もはや思いだす手だてすらもない。

私は、青いメモ帳をくりながら、「公定歩合」につづいて「マネーサプライ」「過剰流動性」「購買力平価」「OPEC(石油輸出国機構)」と、メモ帳からたどれる言葉を次々辞典から丸写ししていった。そして「本日の取材に出てきた経済用語」という表紙をつけて、サカモト先輩の机の上におき、もう誰もいない週末の夜の編集部を後にしたのだった。

4

中野での結婚披露宴の少しのち、今度はKの生家から、これは日吉荘の部屋には入りきらないのではないかと一瞬わが目を疑ったほどの大きな洋服簞笥、整理簞笥、鏡台の婚礼家具三点セットが送られてきた。広島県の府中家具は江戸時代から有名なのだという。分厚い掛蒲団と敷蒲団と毛布のセットも同時に届いた。私の家からの形ばかりの結納金では、とても支度できる品物ではない。Kはそしらぬ顔をしているが、これにはKの意見も反映されているはずである。まだ大学生なのだから、とりあえず家具や夜具などは最小限にして暮らそうよとKとは何度も話していたのに、どうしてこんなに豪華な家具と蒲団が送られてきたのだろう。

ともあれ巨大な三点セットを運びいれると、六畳間には、あとは一年中食卓代わりに使っている電気《でんき》炬燵《ごたつ》と小さなカラーテレビとステレオをおくスペースしか残らない。夜寝るときは、三方の壁面を本棚とコーナーデスクに占められて実質二畳程度にしか利用できない四畳半に二つの蒲団を並べるしかなかった。

これらの家財に囲まれた狭い谷底に腰を下ろすと、まるで巨人ガリバーの積木箱に身をひそめる小人のようで、私はようやく自分が何か身の丈《み たけ》に合わないとんでもないことをしでかしてしまったのではないかと考えはじめるようになったのである。こんなはずではなかった。これが新婚世帯の部屋というものか。不意打ちをくらったような思いに襲われて、私は落ちこみ、その夜から不眠症にかかったように眠れなくなっていった。

私は仕事もしていないのに結婚して若い会社勤めの女と暮らし、二人の生活費の不足部分は結婚に反対した郷里の親から毎月仕送りしてもらっている。のみならず大学の学費まで出してもらっている。ほとんど最低の男である。すでに人生の敗北者といってよい。太宰治は二十七歳の年に刊行した最初の創作集の題名を『晩年』としているが、私には、その心情がわかるような気さえした。

私はここからどう生きていったらよいのだろうか。そのモデルもまた太宰治しかなかった。私の自堕落で情けない仕送り生活を肯定してくれる文学は太宰治しかない。気がついてみると、私の現状は、太宰治の学生時代とそっくりではないか。こうして私は改めてオレンジ色の背表紙の筑摩全集類聚『太宰治全集』を全巻買いこみ、一冊ずつ、目を皿にして精読するようになったのである。

一緒に暮らしてみると、Kは意外なほどに古風で家庭的な人だった。毎朝七時半過ぎに部屋を出て大手町まで仕事に行くのに、六時に起きて、ご飯を炊き、味噌汁《みそ》を作り、目玉焼きを焼くと、必ず私を揺りおこして一緒に食事をしようというのである。私のほうは明け方まで読書をしたりレコードを聴いたりしているので眠くてたまらないのだが、Kは「朝は一緒に食べましょうよ」と寝かせておいてはくれず、私はKが「行ってきます」と部屋を出ていった後、もう一度、目ざまし時計をセットしなおして蒲団にもぐりこむのだった。玄関のドアの外におかれている電気洗濯機を深夜動かすわけにいかないので毎日の洗濯は私の仕事になった。

Kは毎晩六時半から七時ごろ帰宅すると、服を着がえ、エプロンをして夕食の支度をした。私も気が向くと週に一度ぐらいは得意の一品料理を作ったりした。

夕食の後、Kはひとりで近所の銭湯に行き、帰ってくると十一時ごろまでテレビをつけながら鏡台の前に座っている。日吉荘に引っこして半年ほどして部屋に電話を引いてからは、ときどき郷里の母親や友人たちと長電話したりしている。

私は授業から帰ると家庭教師のアルバイトに出かけたりするので銭湯には夕方行くことが多かった。夜、銭湯に出かけるKに、ときどき「井伏先生」と声をかけ、私の髭剃り用の二枚刃カミソリを渡す。その夜は、Kのわきの青い剃り跡の匂いをかぎながら、たっぷりと時間をかけてセックスをするのだった。日吉荘で同居しはじめたころは毎晩欠かさずKを抱き、飽かずに二度も三度も体を重ねる夜もあったのに、気がつくと週二、三回程度に減っていた。Kと出会って二年が過ぎている。

学士入学した第一文学部人文学科で、私は松浪信三郎教授のもとでジャン＝ポール・サルトルの実存哲学を学んだ。法学部のころと打って変わって私は授業に欠かさず出席した。授業のない日、Kが仕事に出ている日中は、奥の六畳間の食卓代わりの電気炬燵のやぐらに両足を突っこんで、大きなヘッドホンを耳に当て、外界の音を遮断して、熱心にクラシック音楽のレコードを聴いていた。

クラシック音楽に目ざめたのは、この年三月、大学の記念会堂で行なわれた法学部の卒業式のときだった。私は例によって学生服を着て一緒に卒業する法学部の友人たちと卒業生席に座っていたのだが、式典の始まる前、壇上にいる学生オーケストラがワーグナーの『ニュルンベルクのマイスタージンガー』前奏曲を演奏したのである。

この演奏でワーグナーの旋律と音階に一気にしびれた私は、数日後、高田馬場駅ちかくのレコード店で、この曲の入ったLPレコードを探した。とはいえ偶然記念会堂で耳にしただけなので、曲名はおろか作曲者の名前も知らない。そこで私は目星をつけて「序曲集」「前奏曲集」といったタイトルのLPを購入していき、一、二か月後、ジョン・バルビローリ指揮の『ドイツ序曲集』というLPを入手して、ようやくこの曲にたどり着いた。そのころにはもうクラシック音楽ファンのはしくれになっていた。

大学からの帰り道、私は、この店の中二階にあるクラシックレコード売り場に頻繁に立ちより、毎週のように新しいLPを入手した。交響曲、管弦楽曲、協奏曲、室内楽とジャンルは問わず次々に名盤とされているレコードを購入して聴いた。LPは一枚二千円前後だが、この店ではサービス券が一枚ついてくる。この券を七枚ためればLP一枚と交換できる。毎月一枚は

「無料」で新たなLPを手に入れた。

誰に頼まれたわけでもないし、音楽評論を生業《なりわい》としているわけでもないのに、私は「鑑賞古典音楽」と題するノートを作り、毎日聴いたレコード名と、その感想をこまめに書きとめた。いまも手もとに残されているノートを開くと、一日四、五曲の交響曲を聴くのはとくに珍しい行動ではなく、多い日には十曲聴いたという記録もある。

大学三年の夏で釣りのサークルから完全に離れてしまったKと私だが、私のほうは、そのころから硬式野球同好会に入会していた。

野球は水泳と異なり、私が幼年時代からもっとも夢中になったスポーツである。一年時の体育の授業でも私は野球を選択していたが、そこで親しくなった法学部の同級生がキャンパスの元高校球児たちを糾合し、新たに硬式野球同好会を設立したのを機に、私も一員として加わったのである。練習は週二、三回、多摩川べりにある私立高校のグラウンドを借用したり、ほかの大学の野球部の練習に合流させてもらったり、ときには調布飛行場横の広い野原で外野ノックをしたりした。同好会なので練習の参加は自由だが毎回十数人は集まった。私も授業がないときは極力練習に参加した。メンバーの大半は高校野球経験者だったので、私が文学部三年に編入学したころには首都圏の国立大学などの野球部と練習試合をしても互角に戦う程度になっていた。

私は、毎週二回、夜七時から十時まで高校受験を目ざす中学生の家庭教師に出かけて月二万円のアルバイト代を得ていたが、その収入はすべて本やレコードの購入費と硬式野球同好会の飲み会などで消えていた。

私は野球とクラシック音楽鑑賞の大好きな太宰治のなりそこないだった。それにしても、どうして、あの時期、あんなにクラシック音楽にはまりこんだのだろう。木造アパートで音が周囲に洩れるので、私はいつも大きなヘッドホンを耳に当てていた。いまにして思うと、私は突然クラシック音楽が好きになったというより、あのころ自分の耳をすっぽり覆うヘッドホンで外界の音を遮断してしまいたかったのかもしれない。

その外界には、もしかしたらKの存在や彼女との結婚生活そのものも含まれはじめていたのかもしれない。Kもまた、そんな私の心の変化を無意識にでも感じはじめていたのではなかっただろうか。

Kと暮らした日吉荘での日々、私は、朝から晩まで、すべて太宰治の小説を真似ていた。Kのボーナスを当てにして、年に数回、二人で旅行もしたが、いずれも旅先はKに一言の相談もせずに私が決めた。信州の上諏訪に足を向けたのは『八十八夜』を読んだからだし、佐渡を訪れたのは『佐渡』や『みみずく通信』に触発されたからである。Kは私ほど太宰治の小説が好きなわけではないし、内心不満もあったかもしれないが、いつも「それでいいよ」と行く先は私にまかせてくれた。

私は太宰治にならい、自堕落に「生きるのが下手な私」を演じて暮らしていた。身のまわりで何か起こるたび、いちいち「その日その日を引きずられて暮しているだけであった。」だの「独りで酔い、そうしてこそこそ蒲団を延べて寝る夜はことにつらかった。」だのと、自分の一挙一動に太宰治の一節一節を重ねあわせて、「これでよいのだ」とつぶやきながら暮らしていたのである。

大学の授業がない日の午後、ひとりでモーツァルトやベートーヴェンの交響曲を聴いている。ときにはヘッドホンをつけたまま野球のグラブの手入れをし、スパイクシューズを磨いたりもする。そうしているうち、いつしか私は背後の箪笥にもたれて夕方まで居眠りしてしまう。それが私の至福の時間だったといってよい。

5

毎週月曜日の朝、私は中井駅の売店で『週刊時代』を買うようになっていた。『週刊時代』は『週刊マンデー』と同じ月曜発売のライバル誌である。大半が男性サラリーマンという読者層も同じだし、『週刊マンデー』創刊時の人材大量引きぬきの経緯もあって、両誌のライバル意識は強かった。

五編のハヤシ取締役は、私たちに、毎日電車に乗ったら雑誌の中吊り広告に目を走らせ、とくに『週刊時代』は熟読するようにといった。それも編集部の書棚や本社の資料室で手に取るのでなく、月曜の朝、通勤途中の駅で自分の財布から小銭を出して買えと命じた。本や雑誌は自分のお金で買わなければ真の価値はわからないというのが取締役の持論である。だから新入社員だけでなく、『週刊マンデー』の編集者の多くが毎週月曜日の出社途中に『週刊時代』を購入し、朝の会議のときにはすでに読みおえているのが暗黙の了解事項のようなものだった。

編集部員の平日の出社時間はまちまちで、明け方まで入稿作業をしていた木曜日など正午過ぎまで編集者がひとりもいないこともあるが、毎週月曜日の朝だけは、ノグチ編集長以下、全員が十時に顔をそろえた。十時を過ぎると編集部の奥の小部屋で簡単な全体会議が開かれる。たいていハヤシ取締役も出席し、週末に発生した事件やニュースについて取りとめもない会話をしたり、編集長や幹部社員から今週の連絡事項や留意すべき出来事などが伝達、再確認されたりして解散となる。その後は、経済班、政治班、スポーツ・芸能班とそれぞれに分かれて班会議である。前週から継続している取材の現状報告や、また週末に大きな事件が発生したときなどは急きょ新たな企画が立てられて、さて誰に担当させるかと、その場で編集者や取材記者が割りふられたりもする。

それにしても『週刊マンデー』編集部にいるだけでも予想外なのに、私は、なぜ経済班に机をおいているのだろう。私は大学に計六年通ったが、唯一少し真面目に学んだといえるのはサルトルの実存哲学だけである。およそ経済などとは縁がない。もっとも大学での専攻と配属が何の関係もないという点では、政治班に配属されたタケウチも、スポーツ・芸能班のサトーも同じようなものかと思うが、それでも例えばスポーツや芸能の分野ならとくに専門知識がなくても企画を立てたり取材をしたりすることは可能だろう。

けれども、私は、本当に経済の「ケ」の字も知らないのである。鬼デスクの異名をとるヤマ先輩から、まずは『日本経済新聞』を読めといわれて読みはじめたものの、毎日欠かさず目を通すのは「私の履歴書」など文化面の読み物記事だけだ。私は「株式会社」とか「資本金」とか「売上高」といった経済の初歩の言葉の意味すらよく知らないので、ほかの記事は読んでもちっとも面白くないのである。

毎週、次号のための企画会議は、水曜夜からの長い入稿作業が終わった直後、木曜午後三時ごろから出張校正に出かけるまでの数時間を利用して開かれる。

ヤマ先輩から毎週「最低十本はプランを出せ」と命じられているものの、空っぽの頭の中からは何も生まれてくるものではない。編集部の奥の小部屋に毎日の新聞各紙が木製のバインダーで綴じておかれている。朝毎読東京日経産経の大手紙のみならずスポーツ紙もほぼそろえられている。入稿後、仮眠室で数時間眠りこけた後、木曜日の昼過ぎ、その小部屋で、手あたりしだい新聞をめくってプランになりそうな記事をカッターナイフで切りぬいた。この新聞をスクラップする権利だけは「早い者勝ち」で、読みたい記事を誰が切りぬいたのかなどと文句をいう人はいない。だから私もせっせと切りぬきをするのだが、そうして思いつくプランが、いつも、すべて他人事なのである。

私の故郷は青森県の北辺の半農半漁の町である。父の生家は漁村の網元で、母は農家の出である。一時間に一本程度の朝の津軽線のディーゼル車からスーツ姿で蟹田駅に降りたつ会社員などまず見たこともない。目にふれる「月給取り」といえば、小中学校の教師、町役場職員、警察官、郵便局員、国鉄職員。あとはせいぜい町の支店に勤める銀行員である。だから、「毎日の昼飯をどこで食うかとか、小づかいの使い方がどうだとか、いろんなことがあるだろう。何も大所高所のプランじゃなくてよいんだぞ」などといわれても、私にはそもそも切実なサラリーマン生活というものが浮かんでこないのである。「昼飯」だの「小づかい」だのは何もサラリーマンだけの問題でもあるまいし、そんなもの、ひとりで好きなようにすればよいだろう。そう思うだけである。

こんな新入社員の私を、企業の広報回りにつれていってくれたのは、元証券業界紙の記者だったという中年のサクライ取材記者である。業界紙に勤める以前、二十代のころは証券マンだったとのことで、サクライ記者は兜町に顔が広かった。野村、大和、日興、山一の四大証券をはじめ、準大手証券、さらに茅場町一帯のビルに入居する数々の地場証券と、ひととおり一緒に歩いた。大手町にある富士銀行、三和銀行、住友銀行などの都市銀行や、三井物産、三菱商事、住友商事、丸紅などの総合商社、芝公園の松下電器東京支社、日本橋の東レなどサクライ記者につれられて歩いた企業は数多い。

こうして取材に歩くうち、少しずつ各社の広報担当者とも親しくなってくる。一度ある商社の広報課長と食事をしていて、「タカザワさんは大学は経済学部ですか」と尋ねられ、「いや、文学部で西洋哲学を学びました。こんな私が原油動向の記事を書いたり、大蔵省や日銀に取材に行ったりするのですから、週刊誌の編集部なんていいかげんなものですよ」と答えると、広報課長は「いやいや」と首を横に振り、「私らの会社だってそうですよ。経済学部卒といったって大学では角棒を振りまわし麻雀ばかりしていた連中ですからね。専攻などといっても大学はたかだか四年。一方、企業は定年まで三十五年ですからね」と苦笑した。サラリーマンの業務の知識は、現場で実務を通じて身につけるしかない。生半可《なまはんか》な書生的知識などかえって邪魔になりかねないというのである。

いわれてみれば、『週刊マンデー』の経済班も、デスクのヤマ先輩は中央大学法学部卒で司法試験を目ざしていたとのことだし、一年上のサカモト先輩は一橋大学社会学部卒である。戦後長くつづいた一ドル＝三百六十円体制が終わりを告げて、まだ数年が過ぎたばかり。毎週企画会議のたびに「ええと、円高になると輸出企業は儲《もう》かるのか」「円安だと海外旅行は高くなるんだっけ」などと、いちいちみなで首をひねって考えるのである。

フリーランスの取材記者の人たちも事情は同じで、経済班には五、六名の記者がいるが、証券業界紙記者の前歴を有するサクライ記者はよいほうで、学園紛争の活動家上がり、ヨーロッパ長期放浪の旅帰りなど多種多様な人たちがいる。およそ経済学のイロハのイも解さない集団が毎号ああでもないこうでもないと頭をひねりながら現場取材に東奔西走し、記事をまとめているのだ。

経済班の取材記者の原稿料は、通常一週間四万円前後が最低保証のようになっている。単純に考えて月十六万円強になる計算だから、それほど少ない金額ではない。それにフリーランスの記者は『週刊マンデー』だけが収入源ではない。ほかの出版社の月刊誌などに精力的にルポルタージュを発表している人もいるし、そもそも『週刊マンデー』の取材に動くのは毎週せいぜい三、四日である。さらに企画が早々と没になったりすると、ときには一枚のデータ原稿も書かずに四万円をせしめることもある。一度、ヤマ先輩に「取材記者って、ちょっと恵まれすぎていませんか」と尋ねると、ヤマ先輩は「まあ、そういうな」と苦笑しながら、以前、データ原稿の枚数を厳密に数えて原稿料を支払おうと試みたが失敗だったと口にした。

その話によると、「朝八時に起きた。今日は取材に行かなければならない。しかし前夜の酒が残っていて頭が重い。これでは取材どころではない。とはいえ約束の時間に遅れるわけにはいかない。台所に行って水を飲んだ。コップで一杯。もう一杯。気がつくと、外は雨である。巷に雨の降るごとく、わが心にも涙降る。ふとヴェルレーヌの一節が口をついて出た」と、こんな調子で、延々と私小説まがいのデータ原稿を百枚も二百枚も書いてきた取材記者が何人かいたとのことで、この目方買いのような計算方法は早々に取りやめになったという。そういえば、私自身も、これは経済班ではないが、スポーツ・芸能班のベテラン取材記者が、編集部の片隅でスポーツ紙の記事を丸写ししている姿を見たときは、万引きや痴漢の現場でも目撃してしまったような思いで声を失った。

もちろん、こんな不埒《ふらち》な記者とは反対に、例えば事件の渦中の重要人物への直撃取材を試みて何日も夜討ち朝駆けをしても実らず、結果的に一枚の原稿も書けないこともある。また新年号などで「企業力全比較」とか「国際競争力全調査」といった、いわゆる二百社、三百社を比較する大きな表が載っている記事がある。こうした表の数字の計算は、編集者や取材記者が何日も『会社四季報』などと首っぴきで電卓を叩いてもとめるのである。

しかも朝から晩までただ計算だけしていればよいというならまだしも、日中は通常号の取材や入稿作業をしながら、空いた時間に資料を引っぱりだしてきては計算するような状態だから、しばしば最後は殺人的な徹夜作業となっていく。猫の手も借りたい忙しさの中で、ついには渦中の要人の張りこみついでに表の計算をしようと大きな写生板持参で夜の住宅街に出ていく若い取材記者の姿を見たこともある。

こうした喧騒《けんそう》の中に身をおきながら、私自身は、いつものぐうたらな性癖で、編集幹部が「サラリーマン生活を豊かにする記事を」などと口にするたび、地球上の人間の数が急増しているわけだから、経済が富の再配分だとするなら、どう転んでも最終的には行きどまり。日本列島改造論だの産業技術革新だのといったって、しょせんは時間つなぎと矛盾かくしのつけ回しを繰りかえしているだけで、経済や物質で人間は貧しくなりこそすれ豊かになっていくわけがない、とひそかに聞いたふうな悪態をつき、どこかの遠い未開の国の素朴な原始人のような疑念を抱きつづけているのである。

ともあれ仕事に少し慣れてきて編集部内を見わたすと、私のいる経済班の取材記者はおしなべて温和といってよく、他班には海千山千の猛者たちが何人もいた。

マルさんというスポーツ・芸能班の中年記者は、仕事の合間に少しでも時間ができると編集部から姿をくらまし、上野駅周辺で地方から上京してきたばかりの田舎娘を誘惑しては鶯谷や湯島の逆さクラゲにつれこんでいるという噂である。

コマキさんという中年の記者は、一年三百六十五日、黒いジャケットに黒いネクタイ、ベージュのズボンというでたちで、その丈の短いズボンの尻ポケットには「警察官からもらったんだよ」と吹聴する手錠をしのばせている。いわゆる社会ネタ担当の事件記者だが、殺人事件など凶悪事件発生の第一報に強く、どうしてそんなに早く情報を入手できるのかと尋ねると、「オレは警察無線を傍受しているんだよ」とうそぶいている。

取材記者やアンカーマンの中には七〇年安保のみならず六〇年安保のさいの学園紛争の元闘士なども少なからずいて、新宿ゴールデン街や新宿三丁目あたりの安酒場にとぐろを巻いて、私のような田舎出のノンポリ学生だった者からみれば「そんなの、どっちでもいいじゃないですか」と思える話題に口角泡《こうかくあわ》を飛ばしている姿を目にすることも少なくない。

そんな議論が苦手な私は、ほどなく同期のサトーにつれられて、渋谷区西原で初老の夫婦が経営している小さなスナックに出入りするようになっていた。サトーはこの店から三百メートルほどの実家に親兄弟と住んでいる。住宅街のビルの二階にある店の名は、なおひろ。長年劇団の運営にたずさわっていたマスターの名前だという。コの字形のカウンターの中に白髪のマスターとママがいて、ボックス席がひとつあるものの、客が十人も入ればいっぱいになるこの店に、私は毎週一、二度通っただろうか。

週刊誌の編集者とはいえ、新入社員が自分の財布で酒を飲むとなると、都心で通える店はかぎられる。なおひろならビールやウイスキーを軽く飲み、遅い夕食代わりにマスターの特製スパゲティを注文しても二千円ですむ。店を出てタクシーを拾えば山手通りを十分ほどで中井のグリーン荘に帰りつくのも私には好都合である。

ときどき、店のカウンターで、一風変わった原稿用紙を前にして、ああでもないこうでもないと独り言をつぶやきながらせっせと筆を走らせている女の人がいた。Fというテレビの放送作家とのことで、彼女にはマスターも一目おいている。当時、「視聴率五十パーセント」といわれて人気絶頂だった民放の番組なども担当し、まだ三十代なかばというのに放送業界では名の知れた売れっ子とのことだ。何度か店で姿を見かけるうちに、私もしだいに常連気分で、「こんばんは」と挨拶したりするようになっていった。

6

日吉荘に引っこして一年ほど過ぎた一九七四年（昭和四十九年）九月下旬のことである。まるで夏が最後まで残しておいた暑気を一息に放出してきたような午後だった。

私は前日の野球の練習で汚れたユニフォームやアンダーシャツなどを洗濯機で洗って窓の外に干した後、いつものように電気炬燵のやぐらの下に両足を投げだして、簞笥にもたれ、ヘッドホンでクラシック音楽を聴いていた。窓は開けはなし、小さな扇風機が激しく首を振りながら、室内の生ぬるい風をかきまぜている。

蒸し暑い東京のアパートで、私は夏の日中を浴衣《ゆかた》一枚で過ごしていた。浴衣は下井草でひとり暮らしを始めるときに郷里の母から送られてきたものだ。浴衣の下には何も身につけていない。それは郷里の父方の漁村で夏を過ごした幼年時代の習慣だったが、東京のアパートで私はその習慣を復活させていた。そのぶん洗濯物を減らせるからである。

その日も、そうしてワーグナーの楽劇『トリスタンとイゾルデ』の前奏曲と愛の死を聴いていた。レコードをかける前に、ふだんはKの目にふれないように書棚の陰に隠してある雑誌のグラビア頁の切りぬきファイル「私で抜いてね」第一集をいそいそと持ちだして、その日は、ア行から順に、朝加真由美、浅野ゆう子、安西マリアといった諸嬢の水着写真を卓上に広げて指で股間をもてあそんでいた。太宰治流にいえば「あんま」(『思い出』)である。

しばらくしてヘッドホンの彼方から「おにいちゃん」と二度ほど女性の声が聞こえたような気がした。しかし私は、近所の母親が腕白《わんぱく》な息子でも叱りつけているのだろうかといった程度に思い、折しもクライマックスに差しかかった『トリスタンとイゾルデ』の官能の世界に酔いしれながら、いよいよ野猿のように「あんま」に没入していた。

「いやっ!」

突然、短い悲鳴が聞こえ、窓の外に黒い影が走った。私は慌ててヘッドホンをはずし、浴衣の前をかきあわせ、帯を締めなおしながら窓辺に立った。物干し竿《ざお》に並ぶ洗濯物の陰に隠れるように、薄い水色のノースリーブ姿の女性が、こちらに背を向けて立っている。気まずい空気の中、しばし互いに無言でいたが、そのうち彼女はそそくさと洗濯物を取りこむと自室のほうに小走りに去っていった。

奥の日吉荘一号棟の一階に住んでいるエツコさんだった。『トリスタンとイゾルデ』はすでに終わっていたが、LPはターンテーブルの上で回りつづけている。

遠くに雷鳴が聞こえた。どうやらエツコさんは雨になるわよと私に知らせようと軽い気持ちで室内をのぞきこみ、とんでもない一幕劇をまぢかに目撃してしまったようだった。

エツコさんは三十代なかばの主婦である。ある朝、私が前日の野球の洗濯物を干しているとき、彼女も洗濯機から取りだしたシーツや衣類を籠に入れて出てきたのがきっかけで、顔を見ればニ言三言おしゃべりをする仲になっていた。夫は朝早く部屋を出て夜遅く帰宅するサラリーマンとのことだが、私はまだ一度も顔を合わせたことがない。二十歳前後で見合い結婚したといい、中学生の娘がひとりいる。夫婦は北関東の同じ市の出身で、夫はたまたま同じ高校の五年先輩ということだった。

夏の夕方、ときおり銭湯帰りのムームー姿の彼女を見かけた。洗ったばかりの髪を頭上に束《たば》ね、精肉店の店先でコロッケを買いもとめたりしている姿は、まるで月見草のようで、上気した顔が匂うように美しい。歌手で女優のジュディ・オングに似た顔立ちで、鼻筋に小皺《こじわ》を寄せる笑顔がチャーミングな人である。

その一週間ほど後だった。小雨まじりの薄暗い夕刻、誰かが私の部屋のドアをこんこんとノックしている。ドアを開けると、エツコさんが立っていた。白い肩を露出した黒いタンクトップに青いジーンズをはいている。「こんばんは」と低い声で挨拶するやいなや、彼女は狭い玄関にするりと身をすべりこませてきた。

式台に腰を下ろすと、「ね、おにいちゃん」と彼女は持参した中学の数学の問題集を開いた。ね、この問題って、どうやって解くのかしら。見ると簡単な因数分解の問題である。中学生の娘の宿題だろうか。どれどれ、どの問題ですか。エツコさんの背中に寄りそうようにしゃがみこむと、タンクトップの下の胸の谷間が目の前である。

たちまち私の視線は、その一点に釘づけとなった。ええと、ほら、こうやって解けばいいん

一時ごろ電話を入れたりもした。だが、その時刻でもKが電話に出ることは一度もなかった。問いつめるとまた「仕事で疲れていたのよ」と同じ弁明をするのだろう。さすがに、その時刻には本当に帰宅していることもあったかもしれず、だとしたらKには迷惑だったろう。けれども、私にすれば、深夜に何度も電話を入れるのは、野球の牽制《けんせい》球と同じで、彼女の深夜帰宅に対する抑止力になるはずだと思いたかったのである。

入稿が終わった木曜日の朝、私は編集部の仮眠室のベッドにワイシャツ姿のままで数時間もぐりこみ、そのまま仕事を再開することもあったし、すでに日が高くなっていても入浴や着がえのためにタクシーを手配してグリーン荘の部屋まで帰ってくる日もあった。そんな朝にはKはすでに出勤していることもある。ただキッチンや洗面所の気配からKがいったん帰宅していた形跡は見てとれた。

六月末のある木曜日の朝。例によって入稿明けの朝帰りだった。七時半ごろ帰宅すると、Kはまだ部屋にいた。赤い長袖のワンピースを着て、鏡台の前に座り、化粧をしているところだった。私は徹夜仕事を終えて帰宅し、気分が殺伐と高揚していたせいもあったのだろう、つい昨夜は何時に帰宅したのかとKに問いかけていた。一時か二時には帰っていたのか、毎週お疲れさまだな、と。

ブラシで髪を撫《な》でつけていたKの手が止まり、鏡の中から凄まじい目つきで私をにらみつけてきた。Kのそんな顔を見るのは初めてだった。変なことといわないでよ、毎晩遅くとも八時には帰っているわよ、とKはきつい口調でいいかえした。その言葉が終わるか終わらないうちに、私は、何を、このヤロー、とKに詰めより、握りこぶしを振りあげようとして、かろうじて思いとどまった。

早稲田のキャンパスで出会い、交際を始めて四年になるが、Kに対して、そんな態度に出たのも初めてだった。Kはすばやく身をひるがえし、白いレースのカーテンを引きちぎり、大声で何かわめき散らしながら、奥のベランダへと逃げていった。

その夜、私が十一時半に出張校正から帰宅したとき、Kは部屋にいなかった。Kが帰ってきたのは金曜日の朝が白々と明けてからだった。私は何もいわず、寝床の中で息をひそめて寝たふりをしていた。数時間後、目ざめると、すでにKの姿は消えていた。

この日以降、Kは、おおっぴらに朝帰りするようになった。私が奥の六畳間の蒲団の中で耳をすましていると、ガチャガチャと大きな音を立てながら玄関の鍵を開け、寝ている私には声もかけず、シャワーを浴び、洋服を着がえると、またガチャガチャと鍵を掛けて出勤していくのである。いったいどこで寝ているのだろうと不審はつのり、また不憫《ふびん》に思わないでもなかったが、私の仕事も毎日多忙をきわめていた。休日は、Kが部屋に居る日もあったが、せっかくの週末を口論やののしりあいに費してKに問いただしたところで不毛な結末に終わるだけだと思うと気が重く、とくに私から語りかけることもなかった。

Kはどんな思いだったのだろうか。私は大きなヘッドホンを耳に当ててレコード鑑賞に没入し、Kはまたキッチンでダイニングキッチンの椅子にじっと腰かけ、突然行く先も告げずに外出したりした。すでに平日も休日も食事は別々にチャーハンやお茶漬けやインスタントラーメンなどですませるようになっていた。そんな暮らしが数週間つづいた。

9

編集部では、四六時中、二台の大型テレビがついている。テレビが報じる最新ニュースやニュース速報などを見落とさないためである。

七月五日夜、村上龍の小説『限りなく透明に近いブルー』が第七十五回芥川賞を受賞したのを私は編集部のテレビで知った。東京の西の米軍基地の街でのドラッグと乱交とを描いた小説は、すでに新人文学賞を受賞し、埴谷雄高などに絶賛されて話題となっていた。村上龍は武蔵野美術大学の学生で私と同じ二十四歳である。私は率直にいって少し複雑な気持ちになった。

アメリカは建国二百年に沸いているという。一週間ほど前の六月二十六日には日本武道館でモハメド・アリとアントニオ猪木の異種格闘技戦が行なわれていた。もっとも「世紀の一戦」と前評判をあおって注目された試合のほうは、猪木が終始寝ころんだままアリの足を蹴りつづけて引き分けるという「世紀の凡戦」となり、観客やテレビ視聴者の不興を買っていた。

七月十七日にはカナダでモントリオール五輪が開幕したが、私には、このころから年末にかけて、こうした話題の出来事やイベントを実際に目で見たりテレビで観戦したりした記憶がまったく残されていない。

七月十九日の月曜日、『週刊マンデー』の夏の合併特大号が発売された。この号のトップ五頁はまたまたロッキード事件の追及記事である。春から日本中を騒がせてきたロッキード事件の捜査がいよいよ大詰めに差しかかり、七月八日には全日空社長の若狭得治が逮捕されている。この記事が読者の目にふれるころには「政府高官の逮捕者第一号が出ているはず」と大物政治家の逮捕がちかいことをほのめかしている。

同じこの夏の合併特大号に「東京・大阪　10万円は稼げる夏休みのアルバイト50」という目だたぬ四頁の記事が載っている。スキューバダイビングという「ボンベを背負ってマグロさながらに泳ぎまわるスポーツ」が近年ヤングの間で人気急上昇中であると記され、この「潜水士」の資格を活《い》かし、海底測量のアルバイトをして昨夏一週間で十二万円を稼いだ人がいると紹介されている。ほかにも進学塾講師やチリ紙交換といったサラリーマン向けのアルバイト情報が一覧表にまとめられた記事で、経済班の新入社員の私はこうした記事を担当していた。

この記事のように、当時の『週刊マンデー』では、グルメ情報、住宅情報などといった記事でも、タイトルに「東京・大阪」と銘打つのが定番となっていた。支社や支局があるわけでもないのに、少しでも全国リサーチ感や総力取材感をただよわせたい雑誌編集部の好むタイトルが「東京・大阪」「関東・関西」というキャッチフレーズなのである。

企画会議で、例えば、新築格安マンションを特集しようとなると、たいてい「東京で五十、大阪で五十。合計百で行こう」と話が進み、大阪で取材活動をしている編集プロダクションの力を借りることになる。その大阪からのデータ原稿は入稿日の前夜までに編集部に届かなければ表の作成が間にあわない。小さな活字を横に組み、電話番号など誤植の許されない細かな情報を書きこむ一覧表は、一晩早く、火曜の夜に入稿し、水曜初校、木曜再校と二度校正する決まりとなっているのだ。

まだパソコンもファクシミリもない当時、大阪からの原稿や写真フィルムなどが収められた封筒は、東海道新幹線で運ばれてくることが多かった。「何時何分東京駅着の新幹線の五号車に乗っている小玉さんという眼鏡をかけた中年の男性客に託しています」と大阪から電話が入ると、その時刻に東京駅の新幹線ホームの五号車の前に受けとりに駆けつけるのである。新幹線が定刻どおりに到着すればよいのだが、ときには遅れることもある。携帯電話もなく、ホームで件《くだん》の人物を見つけて封筒を無事に受けとるまでは決して気の抜けない仕事だった。

七月十五日に夏の合併特大号を校了した直後、『週刊マンデー』編集部は一週間ほど夏休みとなった。週刊誌は、例年、年末年始、ゴールデンウィーク、お盆などの前後に二週売りの合併号を発売する。その前後、入稿スケジュールも変則となり、一週間ほどの休暇が生じるのが通例なのである。

新入社員には電話番をしてもらうから夏休みなどないぞと鬼デスクや先輩社員たちから脅さ

れていたが、結局、七月中旬の一週間、私たち三人の新入社員にも夏休みが与えられたのだ。

この夏休みを利用して、私はKと北海道旅行に出かけた。新入社員なので金額は十五万円前後だったが、初めてのボーナスが支給された後でもあった。日吉荘にいたころ何度かKのボーナスを当てにして一緒に旅していたので、Kはたぶん行く気はないだろうなと思いつつ、一応、休みがもらえることになったから北海道に行かないかと誘ってみると、「いいわよ」と二つ返事でうなずいたので驚いた。のみならず「北海道は一度も行ったことがないから楽しみ」と笑顔さえ見せて、私は有給休暇を取るから帰りに蟹田の家にも立ちよりましょうよと提案してくれた。そんな明るいKの姿を久しぶりに見て、私は、このところの彼女の朝帰りも一瞬忘れかけたほど、うれしかった。

私たちはまず羽田空港から千歳へ飛んだ。札幌では中島公園で人気絶頂のキャンディーズのコンサートが行なわれていて、女性三人組の歌う『春一番』の甲高い歌声が街角にも流れだしていた。その夜は札幌駅ちかくの新しい高層ホテルを予約していた。ステーキと赤ワインの夕食をすませて部屋にもどり、大きなダブルベッドの上で久しぶりにKに迫ったが、「ね、タカザワくん、それは駄目」とすげなく拒絶されてしまった。どうやらKは私とはもうセックスはしないと決めているようだった。

翌日は洞爺湖畔を経由して函館に着き、湯の川温泉に泊まった。翌朝、五稜郭と函館山を回った後、昼の青函連絡船で青森に渡った。北海道への夏のバカンスというのに、私は六月に買ったばかりの紺色のスーツとネクタイを毎日のように着用し、その姿で生家の玄関をくぐった。私もKも三年ぶりだった。

その夜、両親と四人での夕食のとき、父は私に「おまえももう社会人なのだから、これからは独力で自分の人生を生きていってくれ」といった。二年前、私はまだ仕送りをもらって大学に通う身でありながら、Kと離れて暮らすことができずに学生結婚してしまった。郷里の両親はずいぶん反対もしたし、当惑もしたろうに、今年三月まで生活費や学費を絶やさずに送りつづけてくれた。「おまえとKさんと二人で年収はいくらぐらいになるんだ」と父に聞かれた。私はKの横顔をちらりと見ながら、少し多目に「五百万円ぐらいかな」と答えた。すると父は、年収の五百万円と貯金の五百万円は全然意味がちがうんだぞといい、「恒産なければ恒心なし。まず五百万円貯めなさい」といってからからと笑った。そんな父の言葉をKも私も黙って聞いていた。結婚してちょうど二年が過ぎたが、私たちには二人で計画的にたくわえてきた貯金など一円もなかった。

その夜、私とKは生家で初めて同じ部屋に蒲団を並べた。しかしもう昔のように心おどる出来事は何もなく、私たちは、ただ別々の蒲団で眠りについただけだった。

相変わらずKと母は終始あいまいに微笑を浮かべているだけで、決して視線を合わせることはなく、翌朝家を出るまで二人の間に会話らしい会話は一言もなかった。青森駅から上野駅まで八時間半、東北本線の特急はつかりの指定席に並んで腰を下ろして、今回、Kは何のために北海道旅行に同行し、わざわざ蟹田の生家に立ちよることまで私に勧めてくれたのだろうと思うと、私は不吉な胸騒ぎがしてならなかった。

ロッキード事件の収賄側の中心人物である田中角栄前首相が外国為替及び外国貿易管理法違反の容疑で東京地検特捜部に逮捕されたのは、私とKが東京にもどって一週間ほど後の七月二十七日の朝である。この朝六時過ぎ、「東京・目白の田中角栄邸の門前にいたのは本誌記者だけであった」と、『週刊マンデー』八月十三日号は五頁のトップ記事「田中角栄逮捕で戦々恐々の野党幹部たち」で報じている。

この本誌記者とは私の四年前に蒼学館に入社しているマサノリ先輩である。前号が夏の合併特大号だったため、この号も変則入稿となっていて、七月二十六日の月曜日が一・二折の入稿日で、二十七日の火曜日は校了日だった。

二月にロッキード事件報道が始まって以来、マサノリ先輩は六、七人のフリーランスの取材記者を動かす取材班の中心となり、この追及キャンペーンを取りしきってきた。しかし、入稿日の深夜十二時を過ぎたというのに、今週号には、もう何も書く材料がない。丸紅と全日空の首脳らが次々に逮捕され、政治家の逮捕もいまや秒読みといわれるものの、その具体的な動きがつかめず、みなで「どうしよう」と相談するうちに夜も白みかけてきた。もし地検特捜部が動くなら早朝の可能性が高い。とりあえず今朝の異変にそなえて逮捕が噂されている政治家の自宅に手分けして張りこもうとなった。橋本登美三郎、佐藤孝行、加藤六月といった面々の居宅の前に取材記者を送りだす。

目白の田中前首相邸の前には、マサノリ先輩が「ぼくが行くよ」と自分で行くことにした。政治家の逮捕は「小物からしだいに大物へ」と噂され、いきなり頂点の前首相の逮捕はないだろうと予想されていた。編集部にあるカメラはすべて取材記者に持たせてしまったので、マサノリ先輩は、いったん田中邸前の様子を確認してから沼袋の自宅に帰り、再度、自分のカメラを持参して取ってかえすつもりで三十六枚撮りモノクロフィルム一本を鞄に入れて編集部を出た。

マサノリ先輩を乗せた個人タクシーは、首都高速を護国寺で下りて、田中邸の前に停車した。あたりは高級住宅街で、早朝の目白通りは車の往来も少ない。車を停めて二十分ほど過ぎた六時三十分、都心方向から一台の黒いクラウンがちかづいてきた。マサノリ先輩は慌てて車のナンバーを見た。「品川55　イ584」とある。

カメラを持っていないのが悔やまれたが、マサノリ先輩は、クラウンが田中邸内に消えて門が閉ざされた後、田中邸と交番の間を警察官が慌ただしく行き来し、ほどなくパトカーが駆けつけてきた様子を迫真の現場レポートで再現している。

黒塗りのクラウンがふたたび田中邸から出てきたのは七時十五分だった。後部座席に三人の人影がある。目白通りに車が出たとき、後部座席がはっきりと見えた。検事にはさまれて真ん中に座っている白いワイシャツ姿の男は、まぎれもなく、田中前首相だった。

マサノリ先輩は個人タクシーに追跡を指示したが、護国寺の入口で断念し、ちかくの公衆電話から編集部に一報を入れた。すると、すでに東京地検の前には報道陣が駆けつけて大騒ぎになっているとのことだった。数時間前まで、今週は何も書くことがないとみなでぼやいていたのに、この「角栄逮捕」の現場レポートを書きだしに、五頁のトップ記事がまとめられたのである。

田中前首相が逮捕された翌日の二十八日未明、中国の唐山一帯でマグニチュード七・五という大地震が発生した。この地震による死者はじつに六十五万人だったとされている。だが当時の日中間の距離は今日よりはるかに遠く、中国で大地震という第一報こそ流れたものの、被害の実態はなかなかつたわってこなかった。

この唐山大地震を報じる四頁の特集記事が『週刊マンデー』に掲載されたのは「田中前首相逮捕」の号の翌週号。一・二折の入稿日は八月四日の水曜日である。その三日前、八月一日付で、私たちは四月以来の試用期間が終わり、蒼学館の正社員となっている。

四日の入稿日の夕刻、デスクのヤマ先輩が、私に突然「おまえ、ヨウさんから唐山地震の話を聞け」といいだした。ヨウさんとはツヅキヨウスケさん。元新聞記者で『週刊マンデー』のアンカーマンのひとりだが、日ごろ経済班とは縁がなく、主にプロ野球の記事などを執筆している。唐山大地震のときも元プロ野球選手らと一緒に訪中していて現地で激しい揺れに見舞われたという。そのヨウさんの体験談を記事にしようというのである。

未曾有の大地震を現地で体験して帰国したばかりというのだから、話を聞くことに異存はないのだが、私はとまどった。週刊誌のアンカーマンとしてヨウさんはスポーツ記事のほか社会ネタの記事なども執筆しているが、取材でうまく専門家の意見が得られない場合など、しばしば、その問題に詳しい「評論家のツヅキヨウスケ氏」として自身が記事に登場してしまうのだ。いくら何でもアンカーマンが勝手にそんなコメントを書きこんでしまうのは、まるでサッカー選手が手を使うような禁じ手ではないかと私は思う。しかし、一方、そんな手口を「苦しいときのヨウさん頼み」と、黙認どころか歓迎する編集者もいるのは事実。というわけでヨウさんは政界の内幕にも教育問題にも常に一家言ある評論家として週刊誌業界に棲息している。私は「大地震に詳しい評論家のツヅキヨウスケ氏」に誌面に登場してほしくなかったのである。幸い、夜になって、ほかの班が現地で大地震に遭遇した日本人やその家族に取材できたため、ヨウさんへの取材は立ち消えとなった。私はほっとしたが、ヨウさんは少し残念そうだった。

何気なく壁の時計に目をやると、すでに十一時を過ぎていた。そういえば今日はKの誕生日だったんだなと、一日の終わりになって気がついた。Kも二十六歳になったのか。ふと、そんな感慨が脳裏をかすめた。いまごろKがどこで何をしているのか、誰とどんな誕生日を過ごしているのかも知らず、私は唐山大地震の記事でヨウさんに登場してもらわなくてもよくなったよと同期のタケウチやサトーに小声で話して笑っていた。

10

八月五日。木曜日の早朝だった。

今日も暑い一日になりそうだった。入稿が終わって朝六時ごろグリーン荘に帰りつくと、Kはまだ帰宅していなかった。

やれやれ、今朝もまたか。そんな索漠《さくばく》たる思いでネクタイをはずし、ワイシャツを脱ぎすてて、シャワーを浴びた。蒸し暑い奥の六畳間の窓を一杯に開け、扇風機を「強」にしてぶんぶん回し、テレビのニュースを見ながら横になっていると、隣室においてある電話がジリリと鳴った。受話器を取ると、「もしもし」とKの低い声が聞こえてきた。

私は怒りが瞬時にこみあげてきて、「おまえ、いつまでも、いったい何のつもりなんだ。何でこんなことをするんだ」と叫んだ。

すると受話器の向こうで黙りこんだKが、一言「代わるわ」といい、数秒後、何の前おきもなしに、いきなり「おい、Kさんと別れてくれないか」と低く太い男の声が聞こえてきた。声の主は私と同世代の二十代のようにも思えたし、部課長クラスの四、五十代なのではないかという気もした。また大学の釣魚同好会で渓流班のリーダーだったワダの声に似ているようにも思われた。突然の一言に私はすっかり動転してしまったが、いずれにせよ男の声であることは事実だった。

いったい、こんな時間に、どこから電話しているのだろう。男の部屋からなのか。それともラブホテルのベッドの中からなのか。男が誰であるにせよ、また、どこからであるにせよ、二人で寝物語をしているうちについ寝すごしてしまい、もう取りつくろうのも面倒になったKに頼まれて、二人でかけてきた電話にちがいない。私は受話器を手にして立ったまま大声で叫んでいた。

「ちょっと、あなた、顔も見たこともないのに、いきなりこんな時間に、こんな電話でそんなことをいわれても、それは困りますよ。だいいち失礼じゃないか。いったい何だと思ってるんだ!」

最後は悲鳴のような金切り声になって電話を叩ききっていた。そのまま私の体は硬直し、室内は一切の音が途絶えて、私は、まるで無響室の中にいるような感覚に包まれていた。テレビのアナウンサーの声も扇風機の羽音も聞こえなかった。ついに、来るべきものが来た、と思った。電話がもう一度かかってくるのではないかとしばらく中腰のまま身がまえていたが、受話器は二度と鳴りださなかった。といって、こちらからかけるあてもない。

「自分は、ひとり逃げるようにまた屋上に駆け上り、寝ころび、雨を含んだ夏の夜空を仰ぎ、そのとき自分を襲った感情は、怒りでも無く、嫌悪でも無く、また、悲しみでも無く、もの凄《すさ》まじい恐怖でした。」(太宰治『人間失格』)。

その朝は、さすがに一睡もできず、そのまま九時に出社した。人気《ひとけ》のない静かな編集部で夕方の企画会議にそなえて朝刊各紙を次々手に取り開いてみるものの、何ひとつ頭に入ってこない。正午前と午後一時過ぎと、二度、編集部を抜けだして街角の公衆電話からKの職場に電話をしてみた。二度とも「タカザワは席をはずしています」といわれ、「私は夫なのですが」と名乗り、編集部の直通電話の番号をつたえたが、それきり連絡はなかった。そして、その夜から、Kはもう二度と私のもとには帰ってこなかった。

一週間ほど後、Kは私が部屋にいるはずのない平日の白昼にグリーン荘に車を乗りつけて、とりあえず必要な自分の洋服や下着や化粧道具や靴などを運びだしたようだった。Kは車の運転はできない。タクシーを頼んだのだろうか。あるいは誰かの運転する車で一緒に乗りつけたのだろうか。いずれにせよ、二年前に病に倒れて半身不随となった父親と介護する母親が二人で暮らす中国地方の郷里に帰ったのではなく、やはり、この東京のどこかで男と暮らしているのだろうと考えるのが自然だった。しかし、その事実に思いいたっても、私にはKを憎んだり恨んだりする気持ちは不思議に湧いてこなかった。

私は太宰治と同じ寝とられ男になっているのだと気がついた。そうだ。太宰もまた山の小さな温泉宿で祝言をした最初の妻を、義理の弟にあたる洋画家に寝とられたのだった。「ああ、もういやだ。この女は、おれには重すぎる。」（『姥捨』）と太宰は記している。

たしかにKは人目につく美形である。だから決して私が油断していたわけでもないのだが、知らぬ間に誰かに懸想《けそう》され、強引に寝とられてしまったのだとしても不思議ではない。

一緒に暮らしはじめて以来、Kが毎日仕事に出かける一方で、私は読書だ野球だクラシック音楽だと勝手気ままな学生生活を過ごしてきたのだから、ここにいたって、ついにKに愛想をつかされたのだとしても文句はいえない。私にとってもKは重すぎたということだ。Kも私も、ただ楽しい間は二人で暮らす同棲でもよかったはずなのに、私が太宰治にならって学生結婚までしてしまい、Kをつらい立場に追いつめてしまっていたのではなかっただろうか。まさかKが素性の悪い男に騙《だま》されているわけでもあるまい。今度の男は、Kにとって、きっと私より精神的にも経済的にも頼りになるということなのだろう。

そう思いつつ、私には、まだKと私の間に結ばれているはずの赤い糸の力を信じている気持ちもあった。なにしろKは私と特別な出会いで結ばれた赤い糸の人なのである。だからこそ、この局面からでも、なりふりかまわず、あちこちに手を回してKに会い、彼女の翻意《ほんい》をうながす努力を試みるべきなのかもしれなかったが、私は、Kの職場に電話をしたり、出退勤時に待ちぶせてみたりする気にはなれなかった。

というより、正直にいえば、じつは、私はKの勤め先を知らないのである。ただ机の前にあるという電話番号をメモしているだけで、Kが就職してから二年間、一度も職場を訪ねたことはないし、その正式な社名も入居しているビルも知らないのだから、待ちぶせたくても待ちぶせようがないのだった。一度、Kの名刺を見せてもらったことがあったのを思いだし、コーナーデスクの抽斗をのぞいてみたが見当たらず、ここにいたって、改めて私は結婚以来ずっと自分のことしか考えていなかったのだなあと気がついて愕然《がくぜん》とした。

ある夜、仕事帰りになおひろで酒を飲み、真夜中に部屋に帰りつき、不意にKが郷里にもどっているのではないかという思いにかられ、生家のダイヤルを回したことがある。二十回も三十回も延々とベルが鳴りつづけ、ようやく受話器を取る気配がして、「もしもし」と低い老女の声が聞こえてきた。これはKの母親の声だと思ったが、母親と話すことなど何もない。一度Kの生家に行かなければと思いつつ、結局、私はこの母親と何度か電話で話したことがあるきりで、ついにKの両親にも会ったことがないのである。自分から電話をかけておきながら、私は無言で受話器をおいた。

泣きたかった。唐突に二年前の結婚披露宴で歌わなかった『人生劇場』の二番の歌詞が浮かんできた。「あんな女に未練はないが、なぜか涙が流れてならぬ」。

そうだ。やはり私は、あの宴でKにしっかり二番も聞かせておくべきだったのだ。そもそも私はKと結婚こそしたものの、決してマイホーム主義で生きたかったわけではないのだ。少しぐらい好き勝手な生き方をしていたからといって何が悪いのだ。そのことはKだって承知していたのではなかったか。だって私が人生の手本としている太宰治だって書いているではないか。「家庭の幸福は諸悪の本《もと》。」(『家庭の幸福』)と。

Kは赤い糸の人なのだから、もし帰ってくるものなら、こちらから追いかけずとも、自分で赤い糸をたぐって帰ってきたらよいのだ。え、そうじゃないのか。ちがうのか。私は、泥酔した頭で、そんな身勝手きわまりない叫び声を上げ、ダイニングキッチンの壁をどんどんと叩きつづけていた。

突然、電話がジリリと鳴った。こんな夜更けに誰だろう。Kにちがいない。やっぱりKは生家に帰っているのか、と、気負いこんで受話器を取ると、「タカザワさん」と低い男の声がした。「そうだ。誰だ、おまえは!」と一喝すると、男は「隣の大家です」といった。周囲の部屋からうるさいと苦情が出ているので静かにしてくださいと告げられて、私はたちまち酔いもさめ、壁に向かって平身低頭しているのだった。

第三章　秋

1

九月になって神田錦町のビルの谷間にも朝夕涼しい風が渡りはじめていた。ある日、早稲田大学の文学部から連絡があり、私の卒業論文を貸してくれないかという。人文学科が刊行する卒業論文集に掲載したいとのことである。過去三年間の卒論の中から七編を掲載するといい、松浪信三郎教授が私の卒論を推薦してくださったことにちがいなく、私はうれしかった。

その卒論を提出したとき、松浪教授が「君は大学に残る気はないかね」と声をかけてくれたのを思いだす。ねぎらいのリップサービスだったのかもしれないけれど、私は自分が結婚しているることにはふれず、「今度は出版社で働いてみようと思っています」とだけ答えたのだった。すでに蒼学館への入社が内定していた。

三月の卒業式の日、松浪教授に「落花若有情　流水奈無心」と揮毫《きごう》してもらった卒論を書棚から取りだした。サルトルの著作などの翻訳を多数手がけている松浪教授であるだけに、私はフランス語でサルトルの一節でも書いてもらえるのかと思っていたので、漢詩とは少し意外な感じがした。落ちる花に情があるなら、流れる水に心がないことがあろうか。おそらく、そういう意味だろうとは思ったが、さて、これが実存哲学と関係があるのかどうか、そのときはよくわからなかった。

しかし、のちに禅語に「落花有意随流水　流水無心送落花」とあるのを知った。落花は意思があって流れる水にしたがっているのに、流水は無心に落花を浮かべて流れているという意味だそうである。つまり、松浪先生の揮毫は、そうではなくて、花も水もともに対自存在である私の眼前にある以上、「落花」に意思があるのに「流水」は無心であるというような認識はちがうのではないかと提起しているわけである。

数日後、私は、出社の前に地下鉄早稲田駅で途中下車して、文学部のスロープをゆっくりと上っていった。いつか白地に花模様のワンピースを着てこの坂を下ってくるKを待ちぶせた午後のことを思いだした。大学を訪れたのは卒業以来初めてだった。

そのころ突発的な大事件が次々起こって、『週刊マンデー』編集部も常にも増して忙しかった。九月六日の午後には北海道の函館空港にソ連のミグ25戦闘機が強行着陸し、操縦していたベレンコ中尉がアメリカに亡命する事件が発生した。函館空港は一月《ひとつき》半前に私とKが宿泊した湯の川温泉のすぐそばにある。テレビを見ると、ソ連の最新鋭戦闘機が滑走路を大きくオーバーランして停止していた。

中国共産党の毛沢東主席が死んだのは、その三日後の九月九日のことである。その日は木曜日で、『週刊マンデー』編集部は前夜からの一・二折の入稿作業が一段落し、いつものように大きな嵐の過ぎさった後のような気《け》だるい時間帯が訪れていた。夕方五時過ぎだった。紫煙がたなびく淀《よど》んだ空気の中で静かにくつろいでいた編集部は、テレビで「毛沢東死す」のニュース速報が流れると、たちまち上を下への大騒ぎとなった。

私が入社する三か月前、この年一月八日に周恩来首相が亡くなっていた。中華人民共和国建国の立役者である毛沢東主席も八十二歳と高齢であることから、『週刊マンデー』編集部でも特命を帯びたフリーランスのヒオキ記者などが中心となって、毛沢東の「Xデー」にそなえ、写真を集めたり、年表を作ったり、神田のホテルの一室に中国問題の専門家を集めて「ポスト毛沢東」を予想する座談会をしたりして大特集の準備が進められていた。

しかし、いくら予定稿を準備して待っていたといえ、実際に亡くなると、また話は別である。おまけに、いまは校了日の夕刻で、もうすぐ夜のとばりが下りてくる。

大騒ぎの中で毛沢東の追悼特集は十二頁と決まった。その十二頁を入れるため、前夜から今朝にかけて入稿してきた一・二折の記事が軒並みペンディングとなり、誌面は大幅差しかえとなる。編集部から歩いて五分ほどの竹橋の毎日新聞社の前で号外を入手してきた者がいる。あちこちの通信社に電話を入れて毛沢東関連の写真を手配している者がいる。編集部総出の作業となった。

前夜来の仕事を終えて家に帰りついたばかりの数人のアンカーマンがふたたび電話で呼びだされ、編集部に到着するや、次々と手わけして原稿を執筆しはじめる。応接室の机上には、すでに作成されてある「Xデー」用の原稿が取りだされ、こちらも数人の編集者が分担して行数や内容を調整し、朱《あか》を入れ、小見出《こみだ》しをつけていく。どの原稿も、これから入稿していくのだから、校正刷りが出て、最後の記事を校了するのは当然夜が明けるころとなるだろう。

この週、私は一本の記事も入稿しておらず、すでに次号の企画会議も終わり、あとは取材記者との打ちあわせをすませたら、出張校正に向かう先輩たちと別れて、そのまま帰宅できるはずだった。ところが、そんな手持ち無沙汰な新人たちの姿に目をとめたノグチ編集長が、「よおし、今日は新入社員は全員出張校正室だ」と指示を下した。こんな歴史的大事件の原稿差しかえと校了の現場に、新人ながら立ちあえるのは編集者冥利《みょうり》に尽きるではないかというわけである。

締切ぎりぎりの時間になって飛びこんでくる大事件は編集部の空気を一変させる。差しかえや緊急入稿はたしかに大変な作業ではあるものの、裏を返せば、数日後には事件を最初に扱っている週刊誌となるわけで、入稿日や校了日の大事件発生はむしろ「ラッキー」と小躍りするのが雑誌屋なのである。編集部での入稿作業を終えると、私たちも先輩編集者たちに混じって、いつものように茶色い紙袋に収めた重い資料を鞄に詰め、両手に抱えて、帝国印刷の出張校正室へと向かった。

結局、この号は、当初、ミグ25のベレンコ中尉亡命事件を扱った八頁の特集がトップ記事だったのに、こちらは後半頁に移されて、急きょ組まれた大特集「毛沢東死す」十二頁がトップ記事となったのである。

出張校正室での校了作業は払暁《ふつぎょう》におよんだ。二晩つづきの徹夜作業である。よれよれに疲れきった頭と体でタクシーの後部座席に倒れこみ、グリーン荘に帰りついたときには、予想していたとおり、すでにすっかり夜が明けていた。

2

Kがグリーン荘を出ていった後、私は明らかに口数が少なくなった。朝、洗面台の鏡をのぞくと、顔は一面に薄く糊《のり》でも塗られたように白っぽくこわばっている。夜は蒲団に入ってもなかなか寝つけず、気がつくと、めそめそ泣いていたりした。

突然Kが家出したので、洗濯籠の中にKの古びた生あたたかいパンティが一枚残されていた。私はそれを万年床の枕の下にしのばせ、夜な夜な取りだしては鼻先に持っていき、Kの匂いをしのび、これでは田山花袋の『蒲団』より情けないじゃないかと気がついて、いっそう悲しかった。

新たに赤い大きな目ざまし時計を買った。二人で使っていた黒い時計は先日Kが車で乗りつけたときに持っていってしまったのである。もともとKの持ち物だったのだから仕方がないが、私も一緒に使いなれていた耳かきや爪切りも持ちさられていた。

それでも私は、寝とられノイローゼを理由に仕事を休むこともできず、毎日とぼとぼと『週刊マンデー』編集部に通った。休みの日など、たまには気分転換もかねて得意の一品料理でも作ってみようかとも思うのだが、買い物も調理も後かたづけも面倒くさいので、部屋では朝晩まったく食事をしなくなった。

朝食はもともとKと結婚する以前はそんなに食べるほうではなかった。出勤途中どうしても空腹がこらえきれないときは、中井駅や高田馬場駅の周辺で立ち食い蕎麦やカレーライスを食べたりした。部屋の掃除は週末に一度しておけば、平日は深夜しか在室しないのだから、とくに気になることもない。中学高校時代から下宿生活でひとり暮らしには慣れているのだ。

ただ一度、入稿明けの朝に帰宅したとき、風呂のガスに火をつけたまま眠りに落ちてしまい、目がさめると部屋中もうもうと湯気が立ちこめていて、慌ててガス栓を止めたことがある。小さな浴槽の中の湯はほとんど蒸発していて、ほっと胸を撫でおろしたものだ。それからは早朝五時とか六時に帰宅した後は風呂を沸かさず、いったん寝て、ふたたび起きてから入浴するようにした。

私はワイシャツを四、五枚しか持っておらず、グリーン荘から中井駅へと向かう二の坂の途中にある小さなクリーニング店に朝の開店時刻を待って駆けつけることが毎週のようにあった。もう二、三枚買えばよいのだが、取材に歩いている平日はワイシャツにまで頭が回らず、かといって休日もわざわざ新宿あたりまで買いに出る気にはなれなかった。

日吉荘のエツコさんから電話があったのは、そんなさなかの九月の日曜日の朝だった。三月に日吉荘から引っこしてきたとき、私たちはエツコさんだけに転居先の住所と電話番号を教えていた。

引っこしの朝、荷づくりをしていると、「あらあら、いよいよ今日なのね」とエツコさんが声をかけてきた。ちょうどパンと牛乳を買いに行こうとしていたKが「ええ、おかげさまで」と答え、サンダル履きで駆けだすと、その後ろ姿を見おくりながら、エツコさんは「彼女うれしそうね。あなたも頑張らなきゃだめよ」と低い声でささやいた。その少し前、エツコさんには出版社の蒼学館に就職が決まったと教えていた。

私は素直に「はい」とうなずき、ふと思いついて「何かあったら連絡してください」と転居先であるグリーン荘の住所をメモにして渡した。「新宿区中井二丁目」と書いてあるのを目にして、エツコさんは「あら」と小首をかしげ、「そのアパート、知ってる。ちかくに夫の親類がいるの。このごろはめったに行かないけど」と顔をしかめた。エツコさんの会社員の夫は最近毎晩のように飲んだくれて一時二時に帰宅する。アパートの前の路上にタクシーが停車してから部屋に入るまでの午前様の大声や物音に周囲の部屋の住人から苦情が出て、それで彼女も苦労している。休日に散歩している姿を見ると、小柄で地味な中年男だが、酒が入ると別人になるらしい。私は「それじゃ一度遊びに来てください」といい、グリーン荘に電話がつくと、その番号を葉書でエツコさんにつたえていたのである。

エツコさんと話すのは半年ぶりだった。開口一番、「おにいちゃん、今年は長嶋巨人が優勝するかもね」と彼女はいった。二年前の秋に「巨人軍は永久に不滅です」の台詞を残して現役を引退し、そのまま新監督となった長嶋茂雄は、昨年はなんと球団史上初のセ・リーグ最下位に甘んじ、この秋はその前年の屈辱を晴らそうとしていた。

今度の土曜日、夫が北関東の実家に帰るので遊びに行ってもいいかとエツコさんはいった。私が「何人で？」と尋ねると、彼女は「ひとりよ。娘もパパと一緒。法事なのよ」という。「うちもひとりだけど、いいですか？」と念を押すと、「おねえちゃんは土曜日も仕事なの？」と聞くので、私は「いや。じつは出ていってしまったんです」と答えた。

週末の土曜日の朝十時、エツコさんはひとりでグリーン荘にやってきた。ダイニングキッチンの長椅子に腰を下ろすと、きょろきょろ室内を見まわしながら、さっそく「ね、どうして出ていったの？」と興味津々の表情で切りだした。

私はKが出ていった経緯を簡単に話した。五月末か六月初めからKは水曜日の夜は遅くまで帰宅しないようになり、そのころから私たちはセックスをしていないのだと打ちあけた。するとエツコさんは驚いたように両目を見ひらき、指折り数えて「そりゃ、かわいそうね。三か月以上もしていないなんて」といって短いスカートの下の足を組みかえた。それから、まるで私を挑発するように、ぽつりと大胆な言葉を口にした。

「なんとか慰めてあげたいけれど、どうすればいいかしら」

私はエツコさんの顔を見た。目と目が合った。いつかのように彼女の小鼻がぴくぴくふくらんで、唇は少し震えていた。耳たぶが赤く染まって、鼻の頭に小さな汗の玉が浮かんでいる。私はどぎまぎしながらエツコさんの手を取った。いまにも口から心臓が飛びだしてきそうだ。エツコさんの手は白くて柔らかい。その甲をさすり、指に指をからめていっても、彼女は黙したままでじっと目を伏せている。

「あ、ちょっと」

私はそんな意味のない言葉を発し、エツコさんの栗色の髪につと手を伸ばした。「何?」というように首をかしげる彼女をそのまま引きよせる。彼女は「いや」と私の耳もとで小さくささやき、身をよじったが、私は逃がさず、彼女のうなじを両手で押さえるようにしてやや強引に唇を奪った。耳たぶから首すじに唇をはわせていくと、エツコさんは「いや、おにいちゃん」と大きく息をはずませて、いったん離れ、今度は勢いよく彼女のほうから私の首にむしゃぶりついてきた。

エツコさんの唇は厚ぼったくて私を夢中にさせた。互いに息もつがず、一分以上もキスを交わしていただろうか。すぐ目の前で彼女の鼻孔がふくらんでいる。ようやく一息つくと、彼女は両手でしきりに栗色の髪を撫でつけながら、「やっぱり。そうだと思った」と恨めしそうにつぶやいた。

私は、そんな放心状態のエッコさんの水色のブラウスの胸のボタンを上からひとつふたつとはずしていった。薄紫色のブラジャーがまぶしい。そのブラジャーの中に右手を差しいれて乳房をまさぐる。いつかと同じエッコさんの甘い匂いがむっと私の鼻をつく。ブラウスを両腕から抜きとり、ブラジャーの細い肩ヒモを左右にはずし、背中のホックに腕を回すと、エッコさんは私の腕の中で「いや」「やめて」と最後の形ばかりの抵抗をしてみせた。あらわになったエッコさんの乳房はやや外向きで、いつか目撃したように洋梨のような形をしている。二本の指で乳首を軽くつまむと、エッコさんは「ううん」と低くうめいて、やや胸をそらすようにした。肩から胸のあたりの肌はまるで白磁のように美しい。手のひらを当てると、そのまま吸いついていきそうな柔らかさである。

「エッコさん」

私は、思わず、そう声に出していた。エッコさんの下半身は、十代の女学生のような紺のスカートに白いハイソックス姿で、パンティストッキングははいていなかった。白い太股の付け根のあたりに右手の指を進めても、エッコさんはじっとしたままである。両目を閉じて、下唇を軽く噛《か》みながら、小鼻をぴくぴくふくらませ、息づかいが一段とせわしなくなっていくのがわかった。

3

週刊誌の世界に少しずつ慣れていく中で、私は、しだいにアンカーマンと呼ばれる一群の人たちの仕事に注目するようになっていた。

毎週水曜日の地獄の夜。入稿日の喧騒の中で、いつも黙々と原稿用紙に鉛筆を走らせているのがアンカーマンと呼ばれる最終原稿を執筆するフリーランスの人たちである。まだパソコンもワープロもない時代。編集部の一角の小さな応接室に陣取り、隣の椅子に両足を投げだして原稿用紙に鉛筆を走らせる人もいれば、執筆の合間に突然バットを手にして立ちあがり、素振りを始める人もいる。スタイルは十人十色だが、スクープ記事も爆笑対談も最終的にはアンカーマンの筆の冴えに左右されるのだから、その役割は決して小さくはない。

『週刊マンデー』には一・二折で六、七人の常連アンカーマンがいた。中には毎週二本以上の記事を書く人もいる。筆の速いカタさんなどは一晩に三本も四本も書いている。四頁の記事をカタさんは五、六時間で書きあげる。四本書けば丸一昼夜ちかくなる。水曜日の午後から書きだして、四本目を終えるのは木曜日の正午過ぎである。

編集部の一角に仮眠室があり、お茶くみの新入社員も明け方から数時間は空いているベッドにもぐりこむことが許されるのだが、目がさめて出てくると、カタさんは寝る前に見たのと同じ席に同じ姿勢で座って原稿を書きつづけている。もうとうに夜は明けて、山吹色のブラインドの向こうから明るい朝の日が照りつけている。まるでカタさんの背後に後光が差しているようだ。

さらに正午過ぎまで書きつづけ、ようやく『週刊マンデー』の仕事を終えると、今度は筆箱を手にとんとんと三階の『JIRO』編集部に下りていき、そのまま『JIRO』の原稿を書きはじめたりするのだから、まさに筆一本で生きている職人といってよい。

カタさんは明治大学を卒業し、故郷名古屋の新聞社で社会部の記者をしていたが、二十代後半に再上京。創刊まもない『週刊マンデー』の取材記者となり、半年ほどでアンカーマンになったと聞いた。三十代なかばの働きざかりなのである。

このカタさんは新聞記者上がりだが、当時の『週刊マンデー』のアンカーマンの多くは、創刊時、初代のアラキ編集長につれられて『週刊時代』から移籍してきた人たちである。

カムラさんも以前は『週刊時代』で仕事をしていたという。もとは九州の地方紙の記者という、年齢は五十代なかば。大正の末の生まれで私の母と同年齢である。

カムラさんは、まず毎週月曜日の夕方、『週刊マンデー』編集部に現れて、グラビア頁の人気連載「人間探訪」を執筆する。三頁だが写真中心の記事なので原稿は六百字前後。編集者からデータ原稿を受けとり、簡単な打ちあわせをすませると、周辺の空いている机で原稿用紙にすいすい万年筆を走らせて一時間もあれば書きあげる。この「人間探訪」の原稿料が一本三万円という。

二日後、一・二折の入稿日には、今度は編集部には姿を見せず、杉並区の住宅街にある自宅二階の仕事部屋で執筆する。サカモト先輩につれられて初めてお宅を訪れたとき、その家はじつは借家で家賃は月数十万円と聞いて私は目を丸くした。

カムラさんの『週刊マンデー』一号あたりの原稿料収入をひそかに計算してみると、まず「人間探訪」が三万円。次いで一・二折の特集記事の原稿料が四頁なら六万四千円。そんな特集記事を毎週二、三本は書いているから全部で十五万円から二十万円ぐらいとなる。とすれば月収は六十万から八十万円前後になるではないか。

新入社員の私と比べてもしかたがないが、私は残業代をふくめて手どり十五万から十六万円だから、ざっと、その四、五倍である。しかも、この金額は『週刊マンデー』一誌からの収入で、フリーランスのカムラさんにすれば、週一日半の執筆で手にする金額なのである。同じフリーランスながら取材記者に比べてアンカーマンは一段と高収入である。

アンカーマンに執筆を依頼するとき、担当編集者は、コンテとデータ原稿を準備する。記事の狙いや構成を一枚の紙にまとめたコンテをデスクにチェックしてもらい、そのコンテにそって、データ原稿と関連資料の注目してほしいポイントに赤いサインペンで傍線を引く。その準備が終わった時点で、カムラさんの家に「あと二、三十分でうかがいます」と電話を入れるが、新入社員の場合、たいていは事前に連絡している予定時刻よりすでに二、三時間ほど遅れている。そして個人タクシーを手配する。毎週入稿日には広田ビル周辺の路上に常時数台が待機している。代官町から首都高速に入り、幡《はた》ヶ谷《や》のランプで下りれば、カムラさんの自宅までせいぜい二十分である。

タクシーを近所の路上に待たせたままで、カムラさんの家の呼び鈴を押し、玄関から右手の階段を通って二階の仕事部屋に上がると、紺の作務衣《さむえ》を着たカムラさんは、窓辺におかれた広い机の前に座って、庭の暗闇を見おろしながら静かに煙草をくゆらせている。すでに「作家の世界」に入っているのだ。

「遅くなりました。お願いします」

挨拶もそこそこにコンテを示して打ちあわせを開始する。ほんの五分ですむこともあれば十五分二十分と長びくこともある。編集部で執筆するときのように担当編集者がそばについていられるわけではないので打ちあわせは詳細におよんだ。その間に奥さんの手で階下からケーキと紅茶が運ばれてくる。寒い冬の深夜など温かいラーメンが出てきたりする。「博多のとんこつラーメンだよ」とカムラさんがいうので、つい「青森のラーメンは細い縮れ麵で、だしはイワシの焼干しを使うんですよ」などと四方山話《よもやまばなし》に花が咲くこともある。私は、そんな雑談が楽しみで、気がつくと一時間以上も話しこんでいたりして、ヤマ先輩に「打ちあわせだけで帰ってこいよ」とよく釘をさされたりもした。

このように『週刊マンデー』編集部にはいろんなアンカーマンが出入りしているが、中でもカムラさん、カタさん、エノさん、ヒロミチさんといった人たちが巻頭のトップ記事をはじめとする一・二折の目玉記事を書く花形アンカーマンである。

しだいに仕事に慣れてきた私としても、カムラさんだけでなく、腕ききのアンカーマンに書いてもらって少しでも面白い記事を作りたい。そう思ってはいるのだが、新米の編集者にはなかなかチャンスはめぐってこない。せいぜい三頁程度の、おまけに大きな表が入ったりするハウツー記事などでは花形アンカーマンに原稿を注文するのは難しいのだ。

新入社員の私が、デスクのヤマ先輩に命じられるまま、よく執筆を依頼するのがカシマナダさんという初老のアンカーマンだった。カシマナダさんは、やはり『週刊時代』から移ってきたひとり。編集部にはいつも紺色のスーツ姿で現れ、その上着を椅子の背にかけ、白いワイシャツ姿で執筆している。書痙《しょけい》だと話しているが、鉛筆で書くと手が痛いのだといって万年筆で原稿を書いている。

私がカシマナダさんに注文するのは、たいてい「東京・大阪　サイドビジネス情報30」といった表入りの三頁程度の記事で、原稿の長さはせいぜいペラ三十枚である。通常一・二折の記事は一行十四字で書くので、ペラ一枚とは十四字かける十行の原稿一枚のことである。ペラ三十枚の原稿を三章立てでまとめるとなると一章はペラ十枚。十四字かける百行前後で書かなければならない。

入稿日に編集部に来て執筆するアンカーマンは、一章書くごとに担当編集者に原稿を渡しながら執筆することが少なくない。筆が速い人でも一章書くのに一時間半程度はかかる。編集者は章ごとに原稿を受けとれば、それだけ早く目を通し、不出来な個所を書きなおし、取材の不備や不足があれば調べなおすこともできる。章の小見出しを考えることもできる。もし原稿に問題がなければ、さらに仕事を進めて朱入れ作業にも着手できるのだ。

だからアンカーマンから受けとった原稿に修正したい個所があるときも、編集者は書きなおしを依頼するより自分で手なおしするほうが一般的である。とにかく入稿作業では一分一秒が貴重なのだ。しかしカシマナダさんの原稿は難物だった。

「おおい、タカザワくうん」

カシマナダさんが遠くから私を手まねきしている。お茶くみの手を止めて、近よっていくと、カシマナダさんは「なんだか長くなっちゃったよ」と切りだすのがお決まりだった。

渡された原稿の一番下の一枚のノンブルに目を走らせると、なんと「二十」となっているではないか。一章十枚見当で記事全体でペラ三十枚ですよ。そう口頭で依頼して、コンテにも明記しているのに、すでに一章で二十枚に達してしまったよと悪びれたふうもなく、さらに、こんな弁明を口にする。

「でもさ、この一章の人の話が面白いんだよ。これ、一章を長くして、代わりに三章を削ってしまってもいいんじゃないの」

編集者が指示したコンテどおりに原稿をまとめられず、平板に冗漫に長々と書きつらねたあげく、最後の章をすべてカットしてはどうかと提案しているのである。こんな不毛なやりとりが毎週のように繰りかえされた。

しかし新入社員の私には、「アンカーはカシマナダさんにしろ」とデスクから指示されれば、異をとなえることは難しい。編集長やデスクたちは、ほかの記事との兼ねあいも考慮してアンカーマンを割りあてているのだし、私の担当している記事は、そもそも今号の目玉ですなどと胸を張れるような記事ではない。火曜日の夜、入稿が決まった時点で、「アンカー、誰にしますか」とヤマ先輩に問いかけて、「カシマナダさんでどうだ」といわれれば、私は「わかりました」と答え、カシマナダさんの家に電話しながら、「やれやれ。また今週も書きなおしか」と頭の中で翌日の手順を胸算用するしかなかった。

毎週のように最初の一章でペラ二十枚前後に達してしまい、にもかかわらず自分で書いた原稿は削れないと口をとがらせるカシマナダさんに、私はこう答えるようになっていた。

「カシマナダさん、長いところはこちらで少し手なおししますから、コンテどおりに二章三章を書きつづけてください」

「そうかい。悪いね」

私は絶望的な気分におちいっている。こちらで直すといっても、ペラ十一、二枚の原稿を十枚に縮めるのではない。だらだらと二十枚もつづられた原稿を半分に減らすのだ。おまけに万年筆で書かれているから性質《たち》が悪いというか、ほかのアンカーマンの原稿のように消しゴムで消して直すこともできない。結局、改めて冒頭の一行目からアンカー原稿を一字一句書きなおしていくしかないのである。

　こんなカシマナダさんの原稿に、最初は文字どおり途方に暮れたものだった。しかし、何度か同じ体験をした後は、カシマナダさんの万年筆の筆跡を少しでも活《い》かそうという考えはきれいさっぱり放棄して、自分の鉛筆で一から全面的に書きなおすようになっていった。ぼやいていても何も始まらない。アンカーマンに「ありがとうございました。お疲れさまでした」と深夜帰宅のタクシー伝票を手わたすまでは、もう一度書きなおしてもらう選択肢もあるはずなのだが、ふたたび長時間待たされて、あげく期待はずれの原稿を受けとるよりも、最初の原稿を叩き台にして受けとる先から書きなおしていったほうがはるかに早く入稿できるのだ。

　文章を書くのは嫌いではないし、まったくの無から原稿を書きおこすよりは他人の冗漫な原稿を半分程度に縮めていく作業のほうが断然楽である。しかも、そのさい、元の原稿は平板なほうが、妙に個性的なものよりはるかに作業は易しいのである。私はほどなくカシマナダさんが次章を書きおえて「タカザワくうん」と声を張りあげるより早く、すでに前の章を直しおえ、小見出しも入れて待機するようになっていった。

　エノさんことエノモトさんの仕事ぶりはカシマナダさんと対照的だった。私がお茶をいれながら、カシマナダさんの原稿の不出来を嘆いていると、そばで茶碗を洗っている同期のタケウチが「でも原稿が進んでいるだけましだよ」と小声でぼやく。今夜もエノさんのアンカー原稿が大幅に遅れているというのである。

政治班のタケウチはエノさんにアンカー原稿を書いてもらうことが多い。エノさんの原稿は起承転結がよく練られ、伏線なども抜かりなく配置され、書きだしから結びまで読みとおすと、コンテを渡した担当編集者でさえ予期していなかった感動に襲われることがある。しかしエノさんの問題は執筆の速度なのである。

エノさんは、毎週、編集部出入口のそばの小さな応接室で執筆していることが多い。担当編集者は、ときどきお茶を差しいれたりしながら、呻吟《しんぎん》するエノさんの前にある原稿用紙の左肩に記されているノンブルに素早く視線を走らせる。通常四頁の記事なら原稿はペラ三十五枚から四十枚。普通のアンカーマンなら六時間前後で書きあげる。ところがエノさんは悲劇的なほど遅い。執筆に丹念に時間をかけるのである。

夜八時に書きはじめた原稿が、時計が一回りした翌朝八時になっても終わらない。そんな事態もたびたびである。ほかの入稿がすべて終わって、あとはエノさんの原稿を待つだけとなったデスクのススム先輩から、「エノさん、いま何枚目なんだ」と問われ、「さっき十五枚目でしたから、二十枚目ぐらいかと」「ちょっと見てこい」となり、担当者がエノさんの背後からそっとのぞきこむと、なんとノンブルが「三」にもどっていたりする。

エノさんは遅筆なうえに凝り性なので、せっかく「十五」まで書きすすめた原稿を途中で読みかえし、気に入らないと破りすて、また新たに「一」から書きはじめたりするのである。担当者が「三です」と報告すると、せめて原稿の半分ぐらいまででも読んで、いったん帰宅しようかと考えていたススム先輩もあきらめて、「オレ、寝てるから、原稿が上がったら起こしてくれよ」といって仮眠室に消えていくのである。

一度、タケウチは、ススム先輩からエノさんの破りすてた原稿を拾ってこいと命じられたことがあるという。「セロハンテープで貼りつけて、こっそり入稿しちゃおう」というわけである。そろりそろりと応接室に忍びこんでいったタケウチが、エノさんの背後の屑籠《くずかご》からそっと破りすてられた原稿を拾いあつめていると、エノさんが突如振りむいて「さもしいことをするな!」と一喝。原稿用紙を丸めた束で、ぽかりとタケウチの頭を殴ったとのことだ。

毎週、限られた時間の中で、カシマナダさんの冗漫な原稿をせっせと書きなおしているうちに、私は、週刊誌の原稿の書き方を実地に学んでいったような気がする。

新入社員の私がアンカー原稿を毎週のように書きなおしていると耳にしたのか、ある夜、エノさんが「あのな、タカザワくん」と話しかけてきて、「書きながら何度も声に出して読んでみると原稿はうまくなるぞ」とアドバイスしてくれた。文章の語尾を、例えば「……だ。」の次は「……だった。」とし、その次は「……である。」というように、一定にせず、ローテーションで変えていくと、読みやすく、リズムのよい文章になる。「週刊誌の原稿はそれだけでいいんだよ」とエノさんはいった。もちろん「それだけ」ではないと思うが、この語尾のローテーションは、とくに雑誌の原稿を書く上で基本中の基本である。エノさんのような練達のベテランでさえ、そう考えているのだという事実が私にも自信を与えてくれた。

また、直属上司であるヤマ先輩からは、週刊誌の原稿では「その」「この」「あの」とか「それら」「これら」「あれら」といった言葉ははぶけと教えられた。また「おまえの原稿は接続詞が多いな。週刊誌の記事は文芸作品じゃないんだから、いちいち接続詞は要らないんだよ」ともいわれた。これも決して言葉どおりの意味ではないのだが、毎週いろんなアンカーマンの書いた原稿を読んで手なおししていくうちに、ヤマ先輩のいっている意味が私にもわかるようになってきた。

アンカーマンとしてまだ一本の記事も執筆したことのない私ではあるが、週刊誌の原稿をうまく書くこつはないものかと考えて、思いついたことを個条書きにしていった。そのメモが、いまも手もとに残されている。新入社員当時の私が書きとめた「週刊誌の原稿がめきめきうまくなる七か条」と題されたメモは、こんな内容である。

第一条　接続詞は要らない。まず自分が何を書こうとしているのかをはっきりさせるため、文章の頭に「そして」「しかし」「だが」「けれども」「また」「とはいえ」「にもかかわらず」「いずれにせよ」といった接続詞を必ずつけて、話の流れを整理しながら書いてみる。次に、その接続詞を全部取りはずす。すると、たいていの接続詞は不要だったと気づくはず。むしろ接続詞をはずすことで簡潔で文意の通った引きしまった文章になっていく。とはいえ例外なくはずしてしまうのではなく、ときには「とはいえ」「それにしても」などと接続詞を加え、リズムをととのえたり、文意を強調したりするのに利用する。
第二条　簡潔で引きしまった文体にするため、できるだけ「この」「その」「あの」とか、「これら」「それら」「あれら」などの言葉は使わない。同様に「……ということ」「……というもの」「……という」「……とする」「……のような」などもできるだけ使わない。これらをはぶいても意味は通じる。
第三条　文章は短いほうがよい。とくに冒頭の一行は単文で。それも、できれば一行以内で句点を打つ。
第四条　書きすすみながら常に声を出して読んでみる。そうすれば気づくことだが、文章の語尾は、例えば「……だ。」「……だった。」「……である。」というようにローテーションで変えていくほうが、読みやすく、リズムのよい文章になる。
第五条　ひとつの文章を「……して、……して、……して、……した。」というように、だらだらとつづけない。句点で区切るか、「……に行き、……の後で、……した。」などというように、めりはりをつけていく。
第六条　同じ言葉が、ひとつの文章中、または数行以内に出てくるときは、別の言葉でいいかえる。「例」や「場合」は「ケース」に変えるとか、「多い」とあったら次は「少なくない」に変えるとか、同じ言葉を安直に繰りかえさない。文章についても同様で、「私はAに電話をかけたあと、Bのダイヤルを回した」というようにして、同じ文章の繰りかえしは避ける。

第七条　日常会話では使わない四字熟語などの書き言葉をときどき使用する。「言語道断」「空前絶後」「大胆不敵」「阿鼻叫喚」「支離滅裂」といった言葉を使用するのは、文章修業にもなるし、ふだんあまり口にしない書き言葉の適切な使い方が身についていく。

私は、このように文章については自発的に「七か条」を書きとめたりしているのに、写真を撮ったり選んだりするほうは、自分でも呆れるほど無気力・無関心・無責任の三無主義を貫いていた。

田舎そだちでサラリーマンの生態をよく知らなかった影響もあるのかと思うが、私が入稿日の夜までに自分で思いついて準備するのは、その記事に出てくる企業の本社と工場と、せいぜい社長の顔写真程度。あとは、どんなテーマの記事でも、編集部の奥にある写真の収納キャビネットを漁《あさ》って、国鉄新宿駅の朝の通勤ラッシュ風景、一万円札の束の山、給料袋、赤提灯《あかちょうちん》で飲む会社員、昼休みに同僚とバレーボールに興じるＯＬの写真といった中から適当に十枚か二十枚ほど見つくろっておくだけなのである。取材に出たりデータ原稿を書いたりするのに追われるせいもあるのだが、私自身、写真は記事のつけたし程度にしか考えていないのだ。毎週同じような写真ばかり並べるものだから、ヤマ先輩は「おい、この写真、先週も見たぞ。少しは頭を使えよ」と、それらの写真を私の机に放りなげてよこして嘆くのだった。

秋ごろになると、ヤマ先輩は私を鍛えてやろうと考えたのか、一般企業の部課長や平社員を取材するときも「必ず顔写真を撮って来い」と命じた。私は取材の最後に鞄からカメラを取りだし、「え、私の顔ですか」ととまどう相手を説得し、正面、斜め右、斜め左と三方向から顔写真を撮らせてもらうのである。大半は誌面に掲載されることはなく、まれに直径二センチ程度の丸い小さな顔写真として使用されるだけなのだが、原稿を読みながらヤマ先輩が「この部長の顔を入れておけ」と口にしたときに顔写真がないと、たちまち「いまから行って撮って来い」「部長の家まで行って来い」と、お定まりの流れになるので恐ろしかった。

私は高校生のころ田舎で親に買ってもらったキヤノンの一眼レフ・カメラを仕事に用い、五十ミリの標準レンズをつけて撮影しているのだが、ヤマ先輩は不満顔で、「ほら、このサカモトの写真みたいにもう一歩踏みこんで撮影しろよ」という。しかし、そのサカモト先輩の写真は、じつは百ミリのレンズをつけて撮影しているだけで、べつに「一歩踏みこんで」いるわけではないんだけどなと私は不満に思うのだった。

4

おにいちゃん。おにいちゃん。そう何度も呼ばれているような気がして目がさめた。天井を見ると、どうやらグリーン荘の六畳間である。

ああ、夢だったのか。よかった。いま私は、なぜだか下着姿で正座しているエツコさんの前に直立し、「うすむらさきの藤棚の」と安達明の『女学生』を歌いはじめたところだったのである。胸の上部にぐっしょり寝汗をかいている。枕もとの目ざまし時計に手を伸ばすと、またセットし忘れている。いけない。今日は午前中から取材があるのだ。私は慌てて万年床を蹴って立ちあがった。

洗面台の鏡に向かって歯を磨き、二枚刃カミソリを頬に当てながら、改めて、先日この部屋で展開されたエツコさんとの出来事を反芻《はんすう》していた。あの日、私はエツコさんの薄紫色の下着の奥に指を進めたところで突然不能におちいったのだった。

ふいにエツコさんの夫と娘の姿が脳裏に浮かんだのである。妻を寝とられる。私が夫だとしたら、とても耐えられるはずがない。

つづいてKが見知らぬ男の腕に抱かれて激しく突きあげられ、いやん、いやんと喜悦の声をあげながら、両腕を自ら頭上に回し、「ね、わきの匂いかいで」と哀願している光景が浮かんだ。悲しいことに、いまでは、それはまぎれもない現実だろうと思われた。そんな妻のふしだらな現実を目にしたら、私でなくても、男なら誰でも耐えられるはずがない。

「ね、わきの匂いかいで」

振りかえってみると、私と抱きあう以前にも、Kは、誰かにわきの匂いをかがれ、抗いがたく絶頂にみちびかれてしまった体験があったはずである。しかし、八月の電話の男の声を耳にするまで、そんなこと私は気にもしていなかった。

正直に告白すれば、一緒に暮らしながらKの過去を「気にもしていなかった」というのは強がりである。最初はずいぶん気にしていたのだ。しかし最近はもうあれこれ妄想することも久しく絶えていた。日吉荘で暮らしはじめてから、二度ほど生家に帰省したのをのぞけば、Ｋは私に内緒で外出したり、ましてや外泊したりすることは一度もなかったし、大学の釣魚同好会や渓流釣りともすっぱり縁を切っていた。勤め先の貿易会社にしても「おじさんばかりの地味な会社よ」と彼女が話していたように、ほとんど残業もなかったし、酒席も年の瀬の忘年会程度で、そんな夜も十時か十一時ごろには帰宅していた。

いまにして思えば、今年二月ごろ郷里の高校の同級生が渋谷で集まるのだとかいって出かけた週末の夜、珍しく最終電車で帰宅したことがあった。そういえば、その後でＫは「もう少し都心にちかいところに住もうよ」と引っこしを口にするようになったような気もする。しかし、そんな出来事も、わずかに、その夜一度だけだし、いまさら詮索しようもないことである。いずれにせよ、私は、Ｋが下井草での最初の夜に「初めてじゃないのよ」とつぶやいたことなど、ほとんど忘れかけていたのだ。

ところが、あの電話の男の声を耳にして、Ｋがグリーン荘に帰ってこなくなった夜を境に、私は、毎晩のように悪夢にさいなまれるようになったのである。

悪夢の舞台はいつも同じだった。真夏の緑濃い山中の渓流のほとりに、茶色い小さなテントが張られている。日焼けして筋骨隆々たる若い男たちが周囲にたむろしている。清流で水浴でもした後なのか、Ｔシャツ姿で並んで何やら楽しそうに談笑している。テントが揺れて、中から髭面のオザキ先輩がにやにや笑いながら出てくると、代わって無口なキムラ先輩がいそいそともぐりこんでいく。オザキ先輩は黒のサインペンで、テントの屋根の「正　正」の字の横に新たに太く「一」と引き、そのまま川に入っていったが、すぐに取ってかえして、また列の最後尾についたので、居ならぶ男たちはどっと笑った。よく見ると、男たちは、Tシャツこそ着ているものの、全員パンツを脱ぎすてている。

疑いようがなかった。男たちはめいめい股間を指でもてあそびながら順番を待っているのだ。五分ほどでキムラ先輩が出てくると、テントの屋根の正の字はまた一画増えて「正　正　丁」となり、今度は黒縁眼鏡のワダがTシャツを脱ぎかけているではないか。

夢の中で、私は「こらあ、ワダあ！」と必死に大声で叫んでいる。エドヴァルド・ムンクの絵画のような凄まじい形相で絶叫している自分の声で目がさめる。がばと身を起こすと、パジャマの上半身は寝汗でびっしょりである。

「私は、Hを信じられなくなったのである。その夜、とうとう吐き出させた。学生から聞かされた事は、すべて本当であった。もっと、ひどかった。掘り下げて行くと、際限が無いような気配さえ感ぜられた。」（太宰治『東京八景』）。

さらに私の悪夢にはいくつかの変種があった。ある夜は、テントに出入りする逞《たくま》しい男たちの数が一度に二人ずつとなった。また別の夜には、白昼、Kは裸でテントの外に引きずりだされ、長身で精悍《せいかん》な四、五人の男たちに取りかこまれ、草むらに敷かれた粗末な毛布の上で四肢を大の字に押さえつけられていた。「いや」「いやっ」と消えいりそうな悲鳴を発しながら、日の暮れるまで男たちに凌辱《りょうじょく》を繰りかえされているのだった。

「自分の若白髪は、その夜からはじまり、いよいよ、すべてに自信を失い、いよいよ、ひとを底知れず疑い、この世の営みに対する一さいの期待、よろこび、共鳴などから永遠にはなれるようになりました。実に、それは自分の生涯に於いて、決定的な事件でした。」(太宰治『人間失格』)。

妻を寝とられた現実は、太宰治にとってだけでなく、私にとっても、まさに忌まわしい悪夢というほかなかった。エツコさんの乳房や肩を撫でながら、そんな夜ごとの悪夢を思いだし、気がつくと、私はすっかり萎えていたのである。

「おにいちゃん、いったいどうしちゃったの」

エツコさんは私のズボンの中に手を差しいれて、その白く細い指でしばらくにぎったり、さすったりしてくれた。しかし鬱勃《うつぼつ》の気配は二度とよみがえることはなく、私は突然の不能を詫《わ》びて、エツコさんは「本当にどうしたのよ」と不満そうに鼻を鳴らした。

それから一時間ほど長嶋巨人の話などした後で、私は「駅まで送っていくよ」と切りだして、二人で一緒にグリーン荘の部屋を出た。

前夜の雨で路面がまだ湿っている急な二の坂を、手をつなぎ、「いち、にっ、いち、にっ」と一緒に下っていくと、エツコさんも一歩ずつ緊張がほどけていくようだった。つい先刻には

「私、夫しか知らないのよ」と小鼻をぴくぴくさせながら禁断の告白をしていたというのに、行き交う人が振りむくような大声で「でもね、おにいちゃん、据え膳食わぬは男の恥よ」といい、「案外、意気地なしなのね」と私の腕に軽く爪を立ててみせた。

中井駅の改札口を通るとき、エツコさんは「また連絡してね」といったが、私は苦笑するだけだった。彼女とはそれきり会っていない。電話もしていない。

ときどきグリーン荘でひとり夜の「あんま」をしているときに、彼女の厚い唇の感触と目の前でぴくぴく動く小鼻を思いださないわけではなかったが、そのつど、すぐにエツコさんの面影は消えていき、代わりに、男の黒い大きな背中に組みしかれ、白い両腕をその背に回し、下半身を押しひらかれているKの姿が浮かんでくるのだった。そのさまは、子供のとき父の手金庫の中から盗み見た手札判の白黒写真の男女の姿とそっくりだった。

エツコさんが部屋に来てから半月ほど後の月曜日の朝、私は出勤途中の地下鉄東西線の車内で急に気分が悪くなり、神楽坂駅で下車した。

五月に『週刊マンデー』編集部に配属された直後から、毎日長時間におよぶ慣れない仕事のストレスからなのか、心臓と胃のあたりが痛むようになっていた。暑い季節となって食欲が落ちたせいもあってか、胃の痛みはどうにか耐えられたが、心臓の息苦しさはしだいに増してくるばかりだった。煙草の本数を控えなければと思いつつ、入稿日が来ると、また元《もと》の木阿弥《もくあみ》である。そんなところにKの家出が重なったのである。

その朝はグリーン荘を出るときから不吉な胸騒ぎがしていたのだが、神楽坂駅の改札口を出て、一歩一歩階段を上って街に出て、頭上に強い日ざしを受けたところで、きりきりと心臓が締めつけられるように痛みだし、私は一歩も動けなくなってしまったのである。

気がつくと私は目白の病院のベッドに寝ていた。救急車で運びこまれたとのことだが、誰が救急車を呼んでくれたのか、編集部には誰が連絡してくれたのか、私はまったく覚えていない。医師の診断は「心臓神経症」だった。

私が三日ほど入院したのがきっかけで、Kの出奔は私の郷里の両親にも知れるところとなった。両親からの依頼を受けて、東京に住んでいる私の叔父と大阪にいるKの兄との間で連絡が交わされて、Kと私の離婚の手つづきが進められることになったのである。

5

信州の諏訪市に本拠を有する大正バルブが倒産した。そんなニュースが飛びこんできたのは十一月二十四日のことだった。負債は八百八十億円。戦後二番目の大型倒産だそうである。大正バルブは非上場企業で、創業者の中山晴夫会長が株式の大半を保有しているという。すでに齢《よわい》八十を超えているが、信州では名高い立志伝中の人物とのことである。

七月にロッキード事件で逮捕された田中角栄前首相の邸宅にもちかい豊島区高田に敷地一千

坪強の豪邸をかまえ、名門デパート三越の個人筆頭株主で、大正バルブの本社も三越のそばの日本橋室町におかれている。また中山コレクションといわれる膨大な美術品を所有している。一方、大変な艶福家であると噂され、そのせいもあってか、私生活は厚いベールに包まれて、「筋金入りのマスコミ嫌い」とのことである。

大正バルブ倒産のニュースの流れた日は水曜日で『週刊マンデー』の入稿日だった。ちょうど、その週末には八月にグリーン荘を出ていったきりのKが箪笥や鏡台やコーナーデスクなどを引きとりに来ると連絡があり、私も立ちあうことにしていた。

ところが、木曜日、次号の企画会議で、私は大正バルブの本拠地である諏訪に取材に行けと命じられたのである。折からヤマ先輩はソ連に海外取材に出かけて翌週帰国する予定となっており、代わりにコマ先輩が経済班のデスクをしていた。

金曜日の午後、私はひとりで上諏訪へ向かった。土日の取材で成果が得られれば日曜の夜に東京に帰ってくるが、取材がうまく進まなかったり、また逆に予期せぬ興味深い展開が見られるようなら、週明けまで現地で取材をつづけることになる。いずれにせよ土曜日のKの荷物の引きとり作業に立ちあうことはできないが、Kもまだアパートの鍵は持っているのだし、まさか自分の物と私の物をまちがえることもないだろう。

編集部を出た後、私はグリーン荘に立ちよってKに書きおきをした。急な取材が入って荷物の引きとりに立ちあえなくなったことを詫び、鍵は、最後にドアを閉めた後、ドアの新聞受けから室内に放りこんでおいてくれないかと記した。

新宿駅発の中央本線の特急電車に乗った。上諏訪駅に着くと、観光案内所の窓口もとっくに閉ざされ、駅前はひっそりとしていた。私は歩いて中央本線のガードの下をくぐり、諏訪湖畔ちかくの小さな温泉ホテルに泊まった。上諏訪は太宰治も妻と訪れている土地で、小説『八十八夜』の舞台ともなっている。だから私も、二年前、Kとこの地を旅していたのだが、そんな感慨にふけっている暇はない。翌日の午後、取材の合間に街の食堂で親子丼を食べながら、グリーン荘ではいまごろKが荷物を運びだしているのだろうなと気づいたが、どうせひとりではないのだろうと思うと電話を入れてみる気にはなれなかった。

週末の上諏訪で私は中山晴夫会長の人となりを取材して歩いた。高齢のワンマン会長は地元の人々に畏怖《いふ》されており、みな一様に口が重くて取材は難航した。それでも「字」は少しずつ拾いあつめていったが、問題は「絵」だった。

日曜日の午後になっても私はまだ中山会長の顔写真を入手できずにいたのである。何とか写真を手に入れたい一心の私は、一計を思いつき、夕刻、地元に住んでいる中山一族の老夫婦の家に電話を入れた。電話口に出た夫人らしき女性に、私は東京で中山家に大変お世話になっている者なのですが、今回こうした事態になって地元の様子を見てきてほしいと命じられてきた。これからそちらにうかがいますので、ちょっとお話を聞かせてもらえませんでしょうか、といった。

三十分後にその家を訪ねることになり、電話を切った私は、万一のことを考えて、東京のデスク代行のコマ先輩の自宅のダイヤルを回した。独身のコマ先輩は、ひとりで晩酌でもしていたらしく、「おいよっ」と軽い調子で電話に出てきたが、いまだ私が諏訪湖畔にとどまっていることに少し驚いたようだった。現況を手みじかに報告し、「これから先方に突入しますので、万一どじを踏んで警察沙汰にでもなったら、よろしくお願いします」というと、コマ先輩は「ふうん」とため息をつき、それから少し不機嫌そうな声になり、「でもさ、おまえ、なんでそんなことまでするの」といった。

電話を切って、私もため息をつき、「やれやれ」と苦笑した。たしかに、私は、なんで、こんなことまでしようとしているのだろう。私にも理由はわからなかった。だが、いずれにせよ、私という存在は、恥さらしで、足手まといで、職場でも私生活でもみなに迷惑ばかりかけている。どうせ迷惑ばかりなのだから今回は思うようにやらせてもらいますと、腹の底からふつふつと意地が湧いてきた。

老夫婦の家の玄関で、私は東京の中山邸に出入りしている「落合」という者ですと自己紹介して、まんまと座敷に上がりこんだ。「とにかく諏訪の様子を見てきてくれないかということで、お土産も何も持参しませんで」と挨拶すると、人のよさそうな老夫婦は「いえいえ、そんなこと」といい、「それより東京のみなさんは、お元気ですか」と問いかえしてきた。どうやら何の疑いも抱いていないようだ。私は額に手をやり、「はあ」とあいまいに視線をそらした。

老夫婦を相手に当たりさわりのない会話をしながら一時間ちかく過ごしたものの、中山会長の顔写真の入手はかなわず、私は辞去することにした。「いや、何はともあれ、お元気そうなので安心いたしました。東京に帰ったら必ず会長にご報告いたします」と深々とお辞儀をして玄関を出た。

家から外に出て、一本目の角を曲がったところで、急に両手両足がぶるぶると震えはじめた。とりあえず道端のブロック塀にもたれ、電柱の明かりをたよりに鞄からショートホープの箱を取りだし、一本くわえてジッポーで火をつけた。

翌日、私は、取材の合間に上諏訪の中心街にある一軒の写真館を訪れた。昨夜、老夫婦が一度も中座しなかったので中山会長の写真を入手することはかなわなかった。しかし仏間で線香をあげさせてもらったり、古いアルバムを見せてもらったりするうちに、その面貌はしっかりと私の頭に叩きこまれていた。三十六枚撮りモノクロフィルムとストロボ用の単三乾電池を買いながら、店内を見まわすと、地元の老舗《しにせ》写真館らしく、古い結婚式や七五三の写真などが四方の壁にたくさん飾られている。

正面の壁の上部に、それらしき人物の顔写真があった。グレーのスーツを着ている。おそらく十年ほど前に撮影されたものだろう。

「あれ、中山晴夫会長ですよね」

指さしながら声を落として尋ねると、小太りで人のよさそうな店主は、無言で首を小さく縦に振った。じつは私は東京の週刊誌の記者で、今回の倒産事件の取材に来ているのですが、最近の中山会長の顔写真がなくて困っているのです。そう説明し、その額縁に入っている写真を数日間貸していただけませんかと頼んだ。

しかし店主は首を左右に振るだけである。それなら、いまここで撮影させてもらえませんか。この店のことは決して口外いたしませんから。そんな押し問答を繰りかえすうち、店主はついに根負けしたように、ぷいと奥へと消えてしまった。

ただちに私は靴を脱ぎ、足もとにあった木製の小さな丸椅子の上に立ち、二メートルほどの距離から、その額縁の中にいるワンマン会長の顔を撮影した。両手がぶるぶると震えて困った。ガラスの反射も気がかりだったが、ストロボを焚《た》いたり、シャッター速度を遅くしたり、さまざま試みながらパチリパチリと何枚も何枚も撮影した。編集部に帰って現像してみると、いずれも少しピンボケだったが、その中の一枚が何とか誌面に掲載されたのだった。

6

上諏訪での取材を終えて、月曜日の夜遅く、中井のグリーン荘に帰りつくと、ドアの新聞受けの中に鍵が一本転がっていた。新聞受けにも食卓の上にもメモの類いは何も残されていなかった。

三年前の秋、Kが日吉荘に運びこんできた天井まで達する大きなコーナーデスクと、奥の六畳間の半分ちかくを占めていた府中家具の三点セットが運びだされて跡形もなく、室内はがらんとしていた。半開きになっている押入れの中をのぞくと、Kの生家から送られてきた蒲団や毛布やKの釣具も消えていた。

私はふたたび下井草当時のような書生生活にもどったのである。この半年間の出来事が次々に思いだされて神妙な気分になったが、一方で、私は何だかすっきりしたような解放感も味わっていた。狭い玄関、浴室、トイレ、ダイニングキッチン、三畳ほどの洋間、六畳間と一直線に並んでいる小さな潜水艦の内部のようなグリーン荘の室内に、そんなに大きな家具をいくつも入れるのは、もともと詰めこみすぎだったのである。

Kは、日吉荘のときも二DKの狭い空間に似つかわしくないほどの荷物を運びこんできたが、三月にこのグリーン荘に引っこしてきたときも、わざわざすべての窓に凝ったデザインの小豆《あずき》色のカーテンをしつらえた。玄関からダイニングキッチンまでの床板の色と素材が気にいらないと、その猫の額ほどの入りくんだスペースに、これまた別の業者に手配してオレンジ色の厚手のカーペットを敷きつめていた。

仏文科を卒業しているわりに、日ごろ、本はそんなに読まない人だった。だから自分の卒業論文に関係する本や辞書などは、すべて運びだされたコーナーデスクの書棚に収められているはずだった。ところが、よく見ると、ウナギの寝床の左右の壁ぞいに並んでいる私の本棚からも、ところどころ本が抜きとられているのがわかった。私が一番大切にしていたサルトルの『存在と無』の原書も消えていた。七百頁強もある分厚い一冊は、Kと一緒に新宿の紀伊國屋書店に注文に行き、四千五百円ちかくを支払い、フランスの出版社から数か月かけて取りよせたものだった。

サルトルを卒論のテーマに選んだ私だが、ほかの著書はすべて翻訳書で間にあわせ、原書はその『存在と無』一冊だけだった。それほど大切にしていた私の本を、万が一にもKがまちがえるはずはない。誰か引っこしを手つだった人が、フランス語の背表紙を見て、これもKの本だろうと考えて抜きとっていったのだろうか。それともK自身が私にフランス語の初歩を教えた思い出として持ちさったのだろうか。

7

大正バルブ倒産の背景を追った「880億円の負債で倒産した大正バルブ中山晴夫の色とカネ」という記事は『週刊マンデー』に五頁で掲載された。

記事の校了日である十二月二日の夕刻、私は東京の日本橋室町にある大正バルブの本社に取材に向かった。業界ではアテ取材などというのだが、すでに取材はひととおりすんで、記事も書きあげられていて、その内容でまちがいがないかどうかを相手方に直接問いただすのである。中山会長には四人の妻妾との間にもうけた計十六人の子供がいること、時価百億円とも二百億円ともいわれる日本画を主とした中山コレクションが倒産発表の直前に諏訪工場の敷地内にある会館から運びだされて都内の私邸に移されているらしいことなど、私は、ひとつひとつ取材して記事に書いた内容を確認していった。

取材を終えて、応対した役員に送られてエレベーターの中で二人きりになったとき、不意にその役員が私の胸もとに分厚い紙づつみを押しつけてきた。私は「何ですか、これは」と困惑しながら押しもどす。「いや、そうおっしゃらず」と小太りの役員は私の手をにぎり、「ただのお車代ですから」と大きな声で喚《わめ》いている。

そうしているうちエレベーターが一階に着いて扉が開きかけた。そのとき、突然、私の口からまったく思いもかけない言葉が飛びだしていた。

「そんなお金があったら、債権者の方に回してください！」

小太りの役員はあっけにとられたように絶句した。私はそのまま外に出て、広い道を渡り、三越の前でタクシーに乗った。煙草に火をつけて一服すると、いましがたの自分の台詞を思いだし、「よくいうよ」と思わず噴きだした。地下鉄に乗ってもなかなか興奮状態は静まらなかった。帝国印刷に着き、出張校正室に入っていくと、すでにデスクや先輩社員たちが多数ひしめいている。コマ先輩から「どうだった？」と問われて、私はいささか得意気に先刻の出来事を報告した。

すると、そばで話を聞いていたスポーツ・芸能班のデスクのヤスダ先輩が、「タカザワ、で、そのお車代はいくら入ってたんだ?」といった。私は「は?」と首をかしげて、「そんなの、わかりませんよ。そのまま突きかえしたんですから。でも厚さは百万円ぐらいあったと思います」と答えた。ヤスダ先輩は「だからさ」と私の言葉をさえぎり、こういった。

「そんな袋を出されたときは、いったん受けとって相手の目の前で封を切り、ちゃんと枚数を数えてから返してやるんだよ」

かたわらの別のデスクが「そうすれば、渡された袋の中身は百万円だった、と記事に書きこめるじゃないか」と解説してくれて、私は「あっ、そうか」と目から鱗《うろこ》が落ちる思いだった。そんなふうにして中身をチェックするという手法を、それまで一度も考えたこともなかったのである。『週刊マンデー』編集部で働きはじめて、先輩社員たちの言動に感心した出来事といえば、私は、反射的に、この一件を思いだす。

もう一件は、オカナリ先輩の思い出である。オカナリという二年ほど先輩の若手社員がやはりスポーツ・芸能班にいたのだが、ある入稿日、そもそもヤマ先輩の厳しい目が光る経済班では夕食のために遠くの店まで外出するなど思いもよらない中で、オカナリ先輩が二、三時間もかけて悠々と食事をし、一杯機嫌で声高《こわだか》に談笑しながら編集部にもどってきたときのことである。

ほかの班の社員のこととはいえ、正義感の強いヤマ先輩はひとりでいらだちをつのらせていたらしく、壁の時計を指さしながら、「オカナリ、飯はもっと早く食えよ。みんな仕事してるんだからさ」と怒鳴りつけた。すると、いつもはへらへらした口調でまぜかえすオカナリ先輩が、少しむっとしたように「何いってるんですか、ヤマさん」といいかえし、「ぼくはこの飯を食うために仕事をしているんですよ」と反撃したのである。それきりでオカナリ先輩は涼しい顔にもどったし、ヤマ先輩は苦虫を嚙みつぶしたような顔になり、ふたりの会話はそれきりで終わったが、このときも私は「おおっ、巴投《ともえな》げ一本！」といった思いで、オカナリ先輩のとっさの返し技にひそかに感心していたのだった。

ともあれ、ヤスダ先輩たちにそういわれ、画龍点睛《がりようてんせい》を欠くとはこのことかと私は思った。そのとき、そう思ったのを忘れていないのだから、われながら、この独力で追いかけた記事に少しは手ごたえを感じていたのだろう。

実際、この大正パルプ倒産の記事以降、私は変わりはじめたような気がする。もっとも、そう思えるようになったのは翌年の春ごろからで、毎日新入社員として右に左に駆けずりまわり、おまけにKとの離婚手つづきの渦中にもいた私には、とても自分自身を客観的にかえりみたりしている余裕はなかった。

第四章　冬

1

年の瀬がちかづいてくると、週刊誌の編集部は一年で一番忙しい季節をむかえる。毎週の通常号の仕事に加えて、年末年始に発売される新年号の三冊を作りおきするのである。印刷会社や取次会社など関連の業界だけでなく、日本中が正月休みに入るため、年末の帰省ラッシュにぶつける新春第一号、年始のUターンラッシュに合わせる新春第二号、そして新春第三号と、この三冊をクリスマスの前後までに校了しておかなければならない。おまけにこの三冊は特別企画満載で通常号より頁数も多いので、編集部は十一月下旬ごろから猫の手も借りたい忙しさに突入していく。

忙中、冬のボーナスが支給された。四月に入社して二か月後の夏のボーナスは十五万円前後だったが、冬のボーナスは一躍六十万円ほどに増えていた。そんな大金を手にしたのは生まれて初めてである。そのまま銀行口座におけばよいものを、週末、私はわざわざ全額引きだしてグリーン荘に持ちかえり、電気炬燵の天板に一枚一枚並べていった。自分で稼いだ六十万円。それを実感したかったのである。こりゃ太宰治に勝ったな、と私は思った。太宰の生家は津軽屈指の大地主だけれど、二十代のころの太宰は、その郷里の長兄からの仕送りで暮らしていたのだからな。卓上は一万円の新札で覆いつくされて、私は、まるで六十隻の軍艦が勢ぞろいした観艦式に立つ連合艦隊司令長官のような浮かれた気分でご満悦だった。

しかし、好事魔多し《こうじまおお》というべきか、私はまたまた愚かしい事件を引きおこしてしまったのである。二日後の日曜日、休日にかかわらず、私は取材のアポイントメントを入れていた。とくに新年号用というわけではなかったが、「いま注目の女性社長の会社」といった企画で、その一社として六本木で人材派遣の会社を経営している三十代の女性社長を取材したのである。彼女の話はそれなりに面白かったが、会社の実態は「これではちょっと記事にならないな」というレベル。日曜日の夕刻であり、内心「こりゃ没だ」という気楽さも手つだって、私たちは取材が終わるころから軽くワインを飲みだしていた。

女性社長もうわばみで、そのまま六本木界隈の寿司店に流れた。そこは彼女のなじみの店という。「ここでいいかしら」と上目づかいに彼女に問われ、反射的にヤマ先輩の渋い顔が頭に浮かんだ。これは取材経費として精算するのは無理だと思ったが、じつは、この日、私は誰もいないグリーン荘に大金をおいて外出するのが急に心配になって連合艦隊を全艦出撃させていた。すなわち六十万円を財布に入れていたのである。

目の前に升酒が出されると、彼女は私に飲みくらべをしようと持ちかけて、店員やほかの客たちの前で私を指さし、「私、負けたら、あなたと寝るわ」と声高らかに宣言した。私はてっきり彼女が二、三杯で「ああん、私もう駄目」「やっぱり男の人にはかなわないわね」と白旗を掲げて自ら虜囚となり、次の場面へ進んでいくのだなと結末を勝手に想像していた。幸い今夜は軍資金も十二分にある。ところが三杯四杯と進んでも、女性社長は、白旗どころか平然とZ旗を掲げたままで飲みつづけているではないか。「これは手ごわい」と思ったが、ここまできたら「ええい、ままよ」と進むしかない。それが津軽人の心意気である。私にも太宰治と同郷の血が脈々と流れているのだ。

ついに私たちは十六杯まで数えた。気がつくと周囲の見知らぬ客や若い店員たちまで私たちが升を空にするたびに「わあっ」「うひょお」などと奇声を発し、はやしたてる大騒ぎになっていた。十六杯からさらに何杯か進んだところで、私は「こりゃもう勝っても何もできましぇん。ぼくはもう帰りましゅ」と呂律《ろれつ》の回らぬ敗北宣言をして立ちあがり、キャッシュで三万円ほどの支払いをすませると、脱いでいた紺色のジャケットを片手でぐるぐる振りまわしながら外に出た。

すでに夜十時を過ぎていた。そのまま店の前の坂道をふらふらと千鳥足で下っていくと、突然背後からどんと体当たりをくらった。酔った勢いのまま「何だよ」と威勢よく振りむくと、三人組の若い男たちで、たちまち私は殴りたおされてしまったのである。

気がつくと、私は、警視庁鳥居坂保護所、すなわちトラ箱の中にいた。この鉄格子はKCIAの陰謀じゃないのか。そう叫んでいる自分の大声で目がさめた。すでに光まぶしい朝になっていた。そばに落ちていた鞄の中に取材ノートと一眼レフ・カメラとグリーン荘の鍵は残されていたものの、財布と名刺入れは所持していなかったという。すなわち虎の子の連合艦隊が、一夜にして、六本木の巷の藻屑《もくず》と消えてしまったのである。

無一文でトラ箱から出された私は、タクシーを拾うと、世田谷区尾山台に向かった。そのころ私の兄は私立医大の学生で尾山台に部屋を借りていた。無一文の私が早朝タクシーで緊急避難できるところは都内で兄のアパートしか思いつかなかった。兄の部屋には電話がないので一か八かでタクシーを走らせた。運よく兄は部屋にいて、私のタクシー代を払ってくれた。

朝九時を過ぎ、まだ若い女性社員しか出社していない時間を見はからい、私は近所の公衆電話から編集部に電話を入れた。「今日は風邪で休みます」と一方的に告げて電話を切った。入社一年目の若手社員が、年末進行で多忙きわまる『週刊マンデー』編集部にいて、そんな理由で突然有給休暇を取るなんて、彼女も耳を疑ったにちがいない。

その日は夕方まで兄の部屋でこんこんと眠りこけていたので、編集部の鬼デスクからの「出てこい」という呼びだし電話で叩きおこされることはなかった。おそらくグリーン荘の部屋では一日中電話が鳴っているだろう。そう思ったが、「勝手にしろ」と開きなおるしかなかった。

私はその夜遅くまで兄の部屋にいた。ボーナスを奪われたのももちろん痛恨の極《きわ》みであるが、それにしても、どうして私は「升酒十六杯」などと前後不覚にちかくなるまで酒を飲んだりするのだろう。自分の愚かさ加減につくづく呆れるほかなかった。

翌日は朝一番で編集部に出社した。いつものように十一時ごろ出勤してきたヤマ先輩は私の顔をじろりと一瞥《いちべつ》したが、何もいわなかった。今日こそ猛烈な雷が落ちるだろうと覚悟していたのだが、呆れはてて口もききたくなかったのかもしれない。あるいはまた先日のように倒れて入院されてもなあと腫れ物にさわる思いだったのかもしれない。ともあれヤマ先輩がいつも無言でかばいつづけてくれている事実には感謝するしかなかった。

私の顔面は、目の周りの青いあざのほか、額や頬はアスファルトの路面でこすったような擦り傷だらけで、その日、あちこちの取材先でけげんそうな顔をされ、そのつど酒を飲んで転んだのだと説明し、苦笑いされたのを覚えている。

2

二日後の木曜日。その夜も、私は仕事を終えると、なおひろに立ちよった。店に入ると、コの字形のカウンターのこちら側に同期のサトーがいて、向こう側の止まり木に放送作家のＦが腰かけていた。

Fはカーリーヘアの凜々《りり》しい表情で、いつものようにカウンターを机代わりにして原稿を書いていた。私の顔を一瞥すると、大げさに眉をひそめて、「いやよ。ね、その顔どうしたの」といった。十分ほどすると、Fは「よし。今日の仕事は終わり。今夜はタカザワくんと飲もう」といって原稿を大きなバッグにしまいこむと、私の隣に席を移して、「ね、タカザワくん、それ、どうしたの」と改めて問いかけてきた。

それまで何度かこの店で顔を合わせて、二言三言、自己紹介のような当たりさわりのない話をしたことはあったかもしれないが、Fとほとんど会話らしい会話を交わしたことはなかった。ところが、この夜は、まったく自慢になる話ではないのだが、四日前の六本木での女性社長との升酒飲みくらべに始まって、顔面負傷、トラ箱、そして翌朝ほうほうのていで兄の部屋までたどり着いたいきさつを説明していくと、Fは何度も手を打ってけらけら笑った。「そんなことしてたら、まるで腕白小僧《わんぱくこぞう》だよ」「だけど、その顔、ほんとにかわいいよ」と、少し唇の端をゆがめ、歌うような口調で繰りかえす。これまでこんな話し方をする女性には会ったことがない。

Fが面白がってくれるものだから、私はついまた調子に乗って、サトーが隣にいるにもかかわらず、編集部ではまだ誰にも話していない連合艦隊全滅の事実まで打ちあけてしまった。店内は一瞬しんと静まりかえったが、私が「暗くて長い冬の間、ひとつの話で何度も笑える。これぞ津軽の男の真骨頂じゃないですか」と大見得を切ってみせると、Fは「キャー」と甲高い叫び声をあげ、カウンターをバンバン叩き、涙を流して笑いころげた。こうして私たちはすっかり旧知の仲であるかのように打ちとけてしまったのである。

午前二時を過ぎ、そろそろ店じまいということになり、サトーと私とFは三人そろって、なおひろを出た。路上に出ると、サトーはいつものように「じゃな」と手を挙げ、くるりと踵《きびす》をかえして自宅のほうへと歩いていく。Fのマンションは道路の向かい側である。私もFの後を追うように道を渡って、山手通りに左折しやすい向きでタクシーを拾う。それがいつもの帰り方である。

しかし、この夜の私は、もう少しFと話がしたいと思った。背後から思いきって「Fさん」と呼びとめた。私の声はかすれて少し震えていたような気がする。

明るい電灯の下で、Fは「え」と振りむいた。私は彼女にちかづくと、「これからぼくの部屋に行きませんか」と誘った。するとFは「え、私、抱いてくれるの?」と、私を仰いで、まぶしいような瞳で問いかえしてきた。ちょうど背後から空車が寄ってきた。私は手を挙げ、二人を乗せた車は中井に向かった。

グリーン荘のドアを開けると、私たちはともに酔っていたせいもあり、靴を脱ぎすてる間も、むさぼるように互いの唇をもとめた。狭いウナギの寝床をずんずん奥へ進んでいきながら、コートを脱ぎすて、上着を放りなげ、冷蔵庫の前まで来ると、Fの体が突然夢からさめたように重くなり、私のほうに崩れかかってきた。もうとても立っていられないというように、Fはその場にしゃがみこんだ。私たちはもつれるように奥の六畳間へと進み、万年床の煎餅蒲団の上に折りかさなると、何もいわずにセックスを始めた。Fは唇をきゅっとすぼめるようにして両目を閉じた。

翌朝早く、Fは、グリーン荘を出ていった。仕事の前に、なおひろの向かいにあるマンションの自室に立ちよったのではなかろうか。

朝になって改めてFから差しだされた名刺には、NHKの週末夜の人気テレビ番組の名が記されていた。Fは、ほかにもTBSの超人気番組やフジテレビのクイズ番組などにもたずさわっているという。NHKは渋谷区神南にあるし、TBSは港区赤坂、フジテレビは新宿区市谷河田町にある。彼女が初台二丁目のマンションに住んでいるのは、いずれのテレビ局ともちかくて便利だからにちがいなかった。

その夜九時ごろ、Fから電話がかかってきたとき、私はすでに帰宅していた。「いまから行っていい？」と聞かれて、私は思わず「はい。お待ちしています」と答えてしまった。三十分もしないうちに、Fはバーボン一本とピスタチオの袋を手土産に現れた。ふたりで話しているとき、ふとした拍子に目と目が合うと、彼女ははにかむように笑った。そんなしぐさから、気《きっ》風《ぷ》がよく颯爽《さっそう》としている見かけや口調とうらはらに、この人はとても内気な人なのだなと私は思った。

その週末から、グリーン荘で、Fとの半同棲生活が始まった。Fも私と同様、年末進行で仕事が忙しいらしく、毎朝「今夜は来ないかも」といって部屋を出ていくのだが、結局は毎晩のようにやってきた。私がボーナスを失《な》くしたことを知っているせいもあってか、必ずバーボンやウオッカなどの洋酒一本と、焼き鳥やコロッケなどの惣菜《そうざい》と、ときには食パンや米の袋などをたずさえている。Fはウオッカをトマトジュースで割ったブラディメリーが好きで、なおひろでも私の部屋でもよく飲んでいた。

私たちはステレオの前の電気炬燵に足を突っこんで、来る夜も来る夜も、そのころ流行していた梓みちよの『メランコリー』のシングル盤を聴いて過ごした。私たちの間では、その年一番のヒット曲は、ピンク・レディーの『ペッパー警部』でも都はるみの『北の宿から』でもなかった。「緑のインクで、手紙を書けば」という冒頭の歌詞を、Fは「会社のインクで、原稿書けば、それがサラリーの理由になると、デスクがいってた」と即興で替え歌のメモにし、「こんな感じかな」と私に示して笑いかけた。

Fは、さまざまな人気歌手たちの歌う流行歌の作詞も手がけていた。双子の女性歌手が歌って大ヒットした外国の歌の訳詞も彼女の仕事なのだという。それまで『北帰行』と『自動車ショー歌』ぐらいしか知らなかった小林旭のLPを自分の部屋から持ってきて私に聴かせてくれたのもFだった。俺と一緒に遊ぶ娘が死んだよ、網走おもいですさぶ風……。ね、いい歌でしょ。『オロロン慕情』っていうのよ。今度はながい命をもらい、オロロンバイ、オロロンバイ、生まれておいでよ、か。

私は、ふと思いついて、三年前、青森の地方紙の懸賞小説に応募して佳作二席となった『私のポロネーズ』の下書きを押入れの段ボール箱の中から取りだしてきて、「こんなの、書いたことがあるんだ」とFに渡した。五十枚の原稿をほんの十五分ほどで読みおえたFは、「やっぱり青春て待つことなんだよね。よく書けてると思うよ」といってくれた。

Fは私より十一歳年上の三十五歳である。まだ四、五歳のころ中国の北京で敗戦をむかえ、貿易商だった両親と日本に船で引きあげてきた記憶が鮮明に残されているという。三人きょうだいの長女だったが、敗戦で生活基盤を根こそぎ奪われた一家の暮らしは貧しく、少女時代は人参一本をおかずに家族五人が夕食をとるような日々だったと話した。

私はバーボンの水割りを手に過去二十四年間、Fはブラディメリーを飲みながら過去三十五年間の出来事を、深夜から早朝まで、まるで千夜一夜物語のように語りつづけた。打てば響くように話がはずんだ。Fはときどき細い三日月のように口角を上げ、「あなたと会えて、私、こんなに幸せなことはない」などと、まるでアメリカ映画の台詞のような大仰な言葉を口にする。最初はすごく奇妙に感じたが、そのうち慣れて、これは職業病ではないのかなと気がついた。まるで原稿用紙のマス目から飛びだしてきた言葉のようで、テレビの仕事で身についたFの書き言葉的会話術なのではないかと思いいたったのである。

Fは、また、不意に「やだ。ドドメ色だって」などと口ばしって噴きだしたりもする。私にはいったい何がおかしいのかわからない。首をかしげていると、ドドメとは桑の実のことで、昔の農村では子供たちが熟れた桑の実を食べて、その変色した唇の紫色をドドメ色というのだと説明しながら、「だから昔のファンタ・グレープの色よ。ファンタ、色が変わって美味《おい》しくなくなったよね」などと、ドドメ色の話題で延々と笑いつづけたりするのである。おそらく四六時中頭の中ではコントや台詞を考え、アイディアを温めつづけているのだろう。

私は学生結婚したKに八月に部屋を出ていかれ、いまも毎晩彼女の夢を見るんだとFに話した。でも、その内容がとんでもない性的な悪夢であることは明かさなかった。

「夢の中が楽しかったら、そっちが本当の人生で、こっちはそっちの夢の中だと思っていたらいいじゃない」

そうFはいった。

「どっちが夢でも現実でもいいやと思っていればさ、たぶん嫌なことでも耐えられるんじゃないかしら。だって、どっちにしたって目がさめたら終わるんだから」

Fの言葉を聞きながら、もしかしたら太宰治もこんな考え方をしていたのかもしれないないなと私は思った。太宰治は二十歳から二十七歳までの八年間に四度の「自殺」と「心中」未遂を繰りかえし、そのつど、その生還の体験を小説に書いている。ついに生きて帰らなかった三十八歳での玉川上水での心中事件も、あるいは自分だけはまた他界を体験してもどってくると考えていたのではなかっただろうか。

私たちは毎晩のように二人で飲んだ。その合間にも、私が近所に買い物に出たり入浴したりするわずかな時間を見つけては、Fは大きなバッグから原稿用紙を取りだして、せっせと台本を書いていた。テレビと週刊誌ではむろん原稿の内容も書き方も異なるのだろうが、いつのまに書いたのだろうと不思議なほどの速さでFは仕事をこなしていた。

テレビ業界はまだ生まれて二十年程度しか経っていない歴史の浅い業界である。テレビの放送作家は心身ともに摩耗する仕事といわれ、「四十歳定年説」などがまことしやかにささやかれていたが、草創期からこの業界にいる三十五歳のFにとっては、まさにトップランナーとして脂の乗りきった季節だったにちがいない。しなやかな指の先からすらすらと魔法のように文字が躍りでてくるのを目の当たりにしながら、この仕事がFの感性や性格にぴたりと一致しているように見えて私にはまぶしかった。

男たちが額に汗して働く姿が好きなのよ。そうFはいう。でも男にはいつも苦労させられてきたの。Fは二度の結婚と離婚を繰りかえしてきたという。「最初に結婚した男はね」と両目を細め、言葉を探し、「ボクサーだったの」と笑いながら語りはじめる。

「ほんとよ。四回戦ボーイ。よく応援に行ったわ。いつもノックアウトされて負けたけど。でも、おかしいでしょ、ボクサーだなんて」

Fがげたげたと笑うので、私もつられて微笑を返す。しかし、その話を聞きながら、私は、Fが私の生傷だらけの顔に接して「ほんとにかわいい」と興味を抱いた理由を種明かしされたような気がした。とすれば、弱輩ながら私淑《ししゅく》する太宰治にならって大酒をくらっては数々の恥と失敗とを積みかさねている私であるが、あの愚かしい六本木の夜の升酒飲みくらべ合戦がなければ、Fとこうして過ごす奇妙に楽しい日々もまた到来していなかったかもしれないのだった。

「学生服なんか持ってるんだね」

ある朝、そういってFが笑った。六畳間の煎餅蒲団に二人で寝ていると、窓の上のカーテンレールに私の洋服が並んで吊るされているのが見える。Kが洋服箪笥をはじめとする巨大な家具類や夜具を運びだしてから、まだ一か月も経っていない。小豆色のカーテンを背景に、私のスーツやコートや学生服が押しあいへしあい一列に並んでいるのは、ひどく乱雑で物悲しい光景ではあった。

3

新宿駅東口の紀伊國屋書店の一階エスカレーターの前で私はKと待ちあわせていた。暮れの二十七日、月曜日の夕方六時過ぎである。

その日午後一時ごろ、Fが仕事に出た後で、突然、Kからグリーン荘に電話がかかってきて、「ね、今夜会えないかな」といわれたのである。蒼学館の仕事納めはまだ数日先だったが、年末進行の『週刊マンデー』編集部は、先週末の金曜日で年内の仕事をすべて終えて長い正月休みに入っていた。

十一月下旬、大正バルブ倒産事件の取材があって私はKの家具や蒲団の引きとりに立ちあえなかった。それからちょうど一か月である。いまさらKから「会えないかな」といわれても、私にはKと会って話したいことなど、もう何もなかった。けれどもKは「どうしても今夜会いたいんだけど」と電話の向こうで繰りかえす。いったい何だろうと考えたが、思いあたることはない。私は、その夜もFと八時になおひろで待ちあわせていた。そこで六時から八時までなら時間があると答えたのである。

年の瀬とあって紀伊國屋書店の前は買い物客が行き交い混雑していた。ここは学生時代にKとよく待ちあわせた場所である。青信号で道路を渡ってきたKは、見なれたチョコレート色のコートを着ていた。二人で日吉荘に住みはじめた一番お金のないころに買った薄い生地の安物で、首にベージュのマフラーを巻いているが、見るからに寒そうだった。

「どうしてるの?」

開口一番、Kはいった。突然部屋を出ていって以来の再会というのに、妙にさばさばと明るい口調だった。私はつられて「まあまあ。ぼちぼち」と答えた。

ちょうど夕食どきであり、私は、編集部の先輩や同僚とたまに足を運ぶようになっていた歌舞伎町のほうへとKを誘った。「毎朝何食べてるの?」とKはいった。日吉荘でのKとの朝食を思いだしたが、私は「何って、トーストとか目玉焼きとか」と適当に答えた。

靖国通りを渡り、新宿コマ劇場のちかくで、私は「フグを食べよう」といった。といっても入口から四人掛けのテーブルが左右二列に奥までつづいている大衆食堂である。

Kは席に座ると、壁の品書きに目を走らせながら、「タカザワくんとフグって初めてだね」といった。一緒に暮らしていたころは、こんなとき、いつもKが財布を取りだし、そっと中身を確認していたものだ。Kにすまなかったという気持ちが不意にこみあげてきて、私は「ずいぶんごちそうになったよね。今日は、ぼくがおごるから」と思わず声を詰まらせた。Kは無言でこくりとうなずいた。

ビールを一本飲んで、ヒレ酒を注文し、私が「もしかして、この前、部屋からサルトルの『存在と無』の原書を持っていっていないかな。もし、あったら返してほしいんだけど」と尋ねると、Kは「え、そんな本、こっちにあるのかな。探してみるけど」と答えた。今夜、私がKにいいたいことはそれだけだった。いや、もうひとつ、つたえておかなければならない事実があった。

「じつはね」

と私は切りだした。

「ぼくも彼女ができたんだ。いや、彼女というのか、けっこう、おばさんなんだけどさ」

とFのことを説明しはじめると、Kは心なしか顔をくもらせ、しだいに口数が少なくなっていった。フグチリを食べるうち、ついに湯気のたつ鍋を前にして黙りこんでしまい、ぱたりと箸をおくと、ぼろぼろと無言で大粒の涙をこぼしはじめた。

若い女性の泣いている姿に周辺の客の多くも気がついて、ちらちらこちらを振りむいている。Kはそれから一時間ちかくただ泣きつづけた。私はすっかり困惑しながら、ふと太宰治はこんなときはどうしたんだっけなと考えた。いつものように頭の中で数々の小説に思いをはせたが、どうしたことか、こんなときに使える文章も台詞もひとつも浮かんでこない。太宰治の小説は自分のことばかり書いているからな。ふとそんなことを思った。

時計を見ると、もう七時半を過ぎている。私は、そろそろなおひろに行かなくちゃ、と思い、ずっと泣きつづけているKにしだいに腹が立ってきた。「さっきから、あなたはひとりで勝手に泣いているけれど、今日はあなたが会いたいと私に電話をかけてきたのでしょう。いや、その前に、そもそもあなたが勝手に部屋を出ていったのでしょう」と私はいった。

長い沈黙の後で急に声を発したせいか、私の声は、ふだんの自分の声ではないような甲高い響きだった。それに何だかFに影響された書き言葉的台詞のようだと思ったが、私はかまわずつづけた。あなたにはあなたの人生があるだろうけれど、私にも私の人生があるのです。現に今夜も私はその人と待ちあわせているのです、と。それでもKが泣きやまないので、私は「それじゃ一緒に来てよ。とにかくもう時間がないからさ。そこで彼女に会ってみてよ」と雑炊を残したままで席を立ち、Kと一緒にタクシーでなおひろへ向かったのだった。

ドアを押して私とKが入っていくと、マスターは、一瞬、眼鏡の奥で目を剝《む》いた。この店に

Kをつれてきたのは初めてである。「これが噂の元妻です」と私が紹介すると、マスターとKは、互いに「こんばんは」と軽く頭を下げた。マスターは、すぐに視線を落として黙々と食器やグラスを拭きはじめた。

八時になっても、Fは、なおひろに現れなかった。

なおひろのカウンターに席を移しても、Kはまた延々と泣きやまず、私もマスターもママも、たまたま来あわせた数人の常連客もまた、ときどき時計に目をやりながら、ただ静かにFが現れるのを待ちつづけるだけである。

テレビの現場で働いたことはないけれど、週刊誌の編集部も似たようなものだとしたら、予定どおりに仕事が終わらないことはままあるだろう。それにしても約束の時間をずいぶん過ぎている。せめて合間を見て電話の一本ぐらい入れてくれてもよいのではなかろうか。ましてやFは私のような地獄の底辺にいる新入社員ではない。売れっ子作家なのだから、私用の電話を一本かけるぐらいの余裕はいくらでもあるはずだ。そう思った。しかし九時を過ぎ、十時を回り、十一時になっても、Fから電話一本かかって来なかった。

時計の針が十一時を指したのを潮時に、私はFの登場をあきらめて腰を上げ、「送っていくよ。いまどこに住んでいるんだ」とKに尋ねた。Kはうつむいたまま、一言、かぼそい声で「荻窪」と答えた。何、荻窪？　それじゃ荻窪まで送っていくよ。そう大声で復唱し、Kと一緒になおひろを出てタクシーを拾った。

走りはじめたタクシーの中で、Kは、またぼろぼろと大粒の涙をこぼしはじめた。そして今度は大声で泣きわめきながら、「ね、帰りたくないの」「お願い。今夜は一緒に居て」と私にすがりついてきた。しかし、どんなに泣いてすがりつかれても、もうなおひろにも、ましてやグリーン荘にもKをつれて帰ることはできない。

タクシーを降りたのは新宿だった。不夜城といわれるネオンまぶしい歌舞伎町の繁華街をしばらく行きつもどりつしたあげく、私たちは西武新宿駅ちかくのラブホテルに転がりこんだ。これまでKと私はラブホテルに入ったことなど一度もない。だが、今夜、私たちがたどり着く先はそこしかなかった。

長い時間歩きまわって私たちは疲れてもいた。テーブルの上におかれたジャーに湯が入っていたので、ティーバッグを開けて二人でぬるい茶を飲んだ。その間もずっと無言のままだった。それから、どちらからともなくセーターやシャツを脱ぎ、備えつけの薄くてつんつるてんの浴衣に着がえ、大きなベッドの両端に離れて横たわった。

Kはもう泣いてはいなかった。

「今日は何の話だったの?」

そう尋ねたが、Kは何も答えなかった。

「ね、タカザワくん、覚えてる?」

しばらくしてKの低い声が聞こえた。

「赤いサルビアが咲いてたね」

二年前の秋、二人で一緒に上諏訪に旅行したときのことをいっているのだ。小さな和風旅館に泊まった翌朝、二人で蒲団に腹ばい、縁側の外を眺めると、庭一面に赤いサルビアの花が咲いていた。うん、覚えているよ、と私は答えた。

「楽しかったね」

「うん」

薄ら寒い蒲団の中で、私はそっと左手を伸ばし、Kの右手をにぎった。Kもかすかに力をこめたのがわかった。

「直江津の旅館の家族風呂」

と、ふたたびKがいった。私もKと一緒に旅した信州や佐渡の情景の数々を頭の中でなつかしく追いかけていた。しかし、次の瞬間、気がつくと、私はKにこう問いかけていた。

「ね、いつごろから別れようと思っていたの?」

Kの返事はなかった。

私たちはどちらからともなく手を離し、互いに背を向け、丸めた背と背をくっつけるようにして眠りに落ちていった。Kと一緒に過ごす最後の夜だった。背中あわせに「おやすみ」と声をかけると、「おやすみなさい」と小さなつぶやきが聞こえてきた。

翌朝六時ごろ私たちは目がさめた。互いにそそくさと身支度をすませると、一緒にラブホテルを出て、西武新宿駅発の各駅停車に乗った。Kは次の高田馬場駅で地下鉄東西線に乗りかえて、荻窪には向かわず、そのまま大手町の会社に行くという。

晴れた冬の朝である。前夜の酒のせいで青空がまぶしい。がらんとした車内に斜めに差しこむ光の中に私たちは並んで腰かけて、窓の外を行き交う山手線の電車を見ていた。「そうだ」と私は思いだし、昨夜からコートのポケットにしのばせてあった小さな紙袋を取りだした。Kは「何?」と小首をかしげる。「忘れ物だよ。もう洗濯しちゃったけど、大事にしてたんだ。君の匂い」といって袋の中をのぞかせると、Kはぽっと頰を赤らめ、私の手からひったくるようにしてバッグの中にしまいこんだ。

私たちは「ふう」と同時にため息をつき、一緒に口を開きかけたが思いとどまり、目と目を見あわせ、小さく笑った。昨夜紀伊國屋書店の前で会ってから、Kが初めて見せた屈託のない笑顔だった。それからKはこういった。

「じつは、私、今日で会社辞めるの」

え、と思った。黙っていると、Kはつづけた。

「田舎に帰ろうと思ってるの」

私は何もいわずに聞いていた。

会社を辞める? 田舎に帰る?

そんな大事な話を、なぜ昨夜いわなかったの。一瞬そう思ったけれど、しかし私の口から何も言葉は出てこなかった。

「でも、やっぱり東京で次の会社探してみようかな」

私は黙って前を向いたままでいた。Kは小さくため息をついたようだった。私たちは、無言のままで電車に揺られていた。

高田馬場駅がちかづくと、Kは「じゃね」といって席を立った。私は「うん」とうなずいてシートに座ったままだった。

四年前、Kに教わったフランス語で、Au revoirと軽く右手を挙げかけて、こんな場面ではちがうよなと思いいたった。別れはせめてカッコつけたい。私はそう考えたのだろう。とっさに体を右にひねってKの背中に向かって叫んでいた。

「Adieu! 井伏先生!」

Kはくるりと振りむいた。そして、これが精一杯なのよ、というような、ぐちゃぐちゃの笑みを浮かべて、大きくこくりとうなずいた。電車を降りたKが、ふと思いついたように、もう一度振りむいて、「私はイブセ」と叫んだところでプシューとドアは閉ざされた。

電車の窓からホームを歩くKの姿を追った。だがチョコレート色のコートを着たKはうつむいたまま前に進んで、もう車内に前夫の影を探しもとめたりしてはいなかった。私は井伏先生じゃないの。Kはそう叫んでいたのにちがいない。

電車が動きだし、Kの姿が視界から完全に消えた後、急に涙が頬をつたいはじめた。私は乗客もまばらな車内で、シートに深く腰かけたまま、中井駅まで両手で顔をおおい、声を押しころすようにして泣きじゃくっていた。

4

グリーン荘に帰りついたのはKと別れて十数分後のことである。二階の廊下の突きあたりにあるドアの前に立つと、室内で電話のベルが鳴っているのに気がついた。きっとFだ。そう思い、急いで鍵を開けて部屋に飛びこみ、受話器を取って「もしもし」と叫ぶと、なおひろのマスターの怒声が、いきなり耳に飛びこんできた。

「おまえ、いままでどこで何していたんだよ。Fさんがフジテレビのトイレで倒れて大変なんだよ」

マスターは一気にこういった。マスターに「おまえ」と呼ばれたのは初めてだった。いつも私のような若造にも必ず「あなた」と話しかける物静かな人である。おそらく、この時刻までマスターは一睡もせず、私の部屋のダイヤルを回しつづけていたのにちがいなかった。

マスターの話によると、Fは、昨夜六時半ごろ、仕事先のフジテレビのトイレの中で、突然、脳出血に見舞われたという。ちょうど私がKと新宿の紀伊國屋書店の前で落ちあったころである。内側から鍵が掛かっていたため発見されず、スタジオの仕事仲間が「Fはどこだ」と探しはじめたころ、ようやく女性社員がトイレでの異変に気づいた。ドアが開けられ、Fは毛布にくるまれて、すぐそばにある私立医大病院に運びこまれた。しかし、あいにく専門医も、以前Fが入院したときの担当医も不在で、彼女はふたたび救急車に乗せられて板橋区にある別の病院に搬送された。すでに倒れてから四時間が経過していた。ただちに手術が開始されたが、出血量も多くて手のほどこしようがなく、そのまま意識不明の重体であるというのだった。

Fの手術が始まったころ、病院に駆けつけてきた仕事仲間や友人たちの間から、誰いうともなく、最近Fには新しい恋人がいたのではないかという声が出て、なおひろには私とKが店を出た直後にFの友人から電話がかかってきたというのである。マスターはふたたび私に罵声を浴びせた。

「昨夜から何度も何度も電話しているのに、おまえ、いったい、いままでどこで何していたんだよ」

早口にまくしたてるマスターの声を聞きながら、私はすっかりうろたえて、「ああ、そうなんですか」「はあ、すみません」とぼんやり繰りかえすだけである。ほかには言葉も出てこない。電話が終わると、おろおろと支度をととのえ、東武東上線の大山駅からちかい病院に駆けつけた。

Fは「回復室」にいた。しかしベッドに横たえられているFの姿を見ると、もう回復の望みなどないのは私の目にも一目瞭然だった。

白い病室いっぱいに暖かい冬の日が差しこんでいる。こんな穏やかな静けさの中で、昨日の朝笑って私の部屋を出ていった人が瀕死《ひんし》の床についているという事実が、私には、とても信じられなかった。私はFの手をにぎり、何か話しかけようと思うのだが、「どうしたの」という間のぬけた言葉しか出てこない。Fがグリーン荘の私の部屋に初めて来た夜から、まだ半月ほどしか経っていないのだ。

Fの激しく燃える気性を示しているようで好ましかった一文字の濃い眉は二本とも消えて、頭部には顔の二倍ほどのふくらみの白い包帯がぐにゃぐにゃと緩んだターバンのように巻きつけられている。両方のまぶたはかろうじて開いているが、右の目は完全な白目となり、左の目は半ばちかく白く乾いた膜におおわれて、あらぬ方向を向いている。両手の甲は飴色《あめいろ》に変色して硬くこわばり、唇を寄せると何だか薬品のような味がした。

ほんの数日前、私の部屋で「四十五歳まで生きたいな」と酒のグラスをかたむけながら朗《ほが》らかに口にしていた女が、それより十年も早い三十五歳の年の瀬に、いま脳出血で死んでいこうとしている。太宰治の一節が不意に浮かんだ。「生くることにも心せき、感ずることも急がる。」(『懶惰の歌留多』)。草創期のテレビ界を、まるで時代の寵児《ちょうじ》のように駆けぬけて、突然あっけなく死んでいく。彼女こそ「女太宰治」のようなものではないかと私は思った。

その夜、私は回復室のカーテンの陰で寝た。夜中に何度も目がさめて、Fの容体を見に立った。「へ」の字に曲げられたFの唇には体内に酸素を送る管が差しこまれ、その規則正しいヒュー、ヒューという音だけが聞こえている。ときおり歯の隙間でも通るのか、ピィーと甲高い口笛のような音になる。

明かりを落とした病室で、窓から差しこむ月の光が、Fの横たわる白いベッドを浮き彫りにしていた。Fからは上が百九十を超える高血圧だと聞かされていたのに、私はその意味を理解せず、真剣に思いやることができなくて、毎晩酒を飲ませつづけてしまった。

死なせて、すみません。

こんなときに限って、私の頭の中には、そんな出来そこないの駄洒落《だじゃれ》のような太宰治風の言葉が浮かんで、私はなんて無力で情けない男なのだろうと痛感した。

それにしても何という一日だろう。朝、Kとの赤い糸が切れ、夜はFとのサヨナラである。太宰治の真似をするのはもう今日で終わりにしよう。私はそう思った。私の両目から大粒の涙がぼろぼろぼろぼろととめどなくこぼれ落ちてきた。

二十九日の夜八時過ぎ、回復室の前の廊下の長椅子に座っていると、室内から中年の男性医師が姿を見せて、そこにいたFの母親、弟妹、そして私に声をかけた。

「あと五分か、十分か。そんなところです」

慌てて全員で部屋に入ってFのベッドを取りまいた。男性医師が死の秒読みをするようにFの脈を取る。ベッドのかたわらに立つモニターの中の緑の光が、はかない流星のようにくるりと「の」の字を描いて消えた。

Fが死んだ。

フジテレビのトイレで倒れてから二昼夜。二十九日の夜八時二十五分だった。病院の廊下で聞いたFの母親の話によると、Fは一週間ほど前の午後、突然「お母ちゃん、いる?」と東武東上線沿線の埼玉県上福岡の家に現れたという。母親はこういった。

「ねえ、ほんとに二か月も三か月も実家に立ちよらない鉄砲玉のようなあの娘が、どうした風の吹きまわしか、お母ちゃん、遊びに来たよって。茶の間のテレビの前で炬燵に両足を突っこんでごろんと横になると、すぐに寝てしまったの。毎年年末は仕事が立てこんで忙しいとぼやいていたから、きっと疲れていたんでしょう。妹が毛布をかけてあげたけど、ピクリとも動かなかった」

小一時間ほど熟睡した後、Fはむっくり起きあがり、「お母ちゃん、帰るよ」といい、夕飯を食べていけといってもきかず、「ああ、よく寝た。お母ちゃんも元気でね」といって家を出たという。母親が「おまえ、血圧のほうは大丈夫なの。なんだか疲れているみたいだね」と気づかうと、「うん、大丈夫だよ。このごろまた煙草吸えるようになったんだよ。ほら」と、ジタンの青い箱から一本取りだして、うまそうに一服してみせたとのことだ。

Fには何か虫の知らせでもあったのだろうか。実家を訪れて母親と妹に最期の別れを告げていたなんて、私は、まったく初耳だった。

5

Ｆの遺体を乗せた車に同乗し、病院から上福岡の家に向かった。母親と妹の住む一戸建ては、数年前、Ｆが建ててやったものだと聞いていた。酒を愛するＦは、一時期、妹に新宿の歌舞伎町で小さなバーを経営させていたことがあるとも聞いていた。家に着き、翌日以降の通夜と葬式の打ちあわせを確認した後、私は深夜の関越自動車道をタクシーで、なおひろへと向かった。ドアを開けると、白髪のマスターがカウンターの向こうからひょいと顔を上げ、目と目が合うと、憤怒のような形相に一変し、「どうした！　亡くなったか！」と大声で叫んだ。マスターの背後からママも私を凝視している。止まり木の数人の見知らぬ客もこちらを見ている。私は「ええ。亡くなりました」と消えいりそうな声で答えた。

通夜は三十日で、大晦日《おおみそか》の三十一日が告別式と密葬だった。大晦日の夜、私は、戸田の火葬場からみなと一緒に引きあげて、上福岡の家に泊めてもらったのだったろうか。それとも年が明けてから未明の電車かタクシーで中井のグリーン荘まで帰ったのだったろうか。もうどうしても思いだせない。

ただ、上福岡の家のテレビで、Ｆの妹やテレビ局関係者だという友人たちと一緒に炬燵に入り、ＮＨＫの『紅白歌合戦』を観たのを記憶している。番組の終わりちかく、『落葉が雪に』

を歌いおわった布施明の唇が、ブラウン管の中で、声には出さず、かすかに「さよなら」と動いたねと彼女たちが低い声で話すのを私はぼんやり聞いていた。

Fは恋多き女だったとみながいう。なおひろのちかくのFが住んでいたマンションにも大手出版社に勤める三十代の男が半同棲のような形で出入りしていたといい、最近、Fはその男に冷たくされていたとのことである。

都心にある都立高校の商業科を卒業し、草創期のフジテレビに入社して経理課に勤めたものの、そのころ同社の女性社員の定年は二十五歳。女性は結婚したら会社を辞めるものという考えが支配的な時代だった。その中で、Fは何とかテレビの現場であるスタジオの仕事に就きたくて、改めてタイムキーパーからスタートし、徐々に頭角を現して放送作家になっていったのだとF本人も話していた。

Fの遺骨は茨城県の常陸多賀の太平洋を見おろす丘の中腹にあるF家の墓に葬られるという。Fが亡くなる半年前に、Fの父親が他界し、やはり彼女が百万円ちかいお金を負担して墓地を買いもとめたのだと聞いた。しかし、こんなに早く父親につづいて自らも眠ることになったのは、F本人としても、まったく予定外だったろう。あの独特の口調で「海鳴りが聞こえて、潮風の吹きぬける墓地は、ピクニックには最高なのよお」とFは私に話していた。寒い冬の夜、脳の血管を切らして死んだ娘には、暖かい墓地は居心地がよいだろう。そう母親もつぶやいていた。

Fが亡くなった翌日の朝、グリーン荘の私の部屋に新しい洋服簞笥が運びこまれていた。通夜の日の朝である。運送業者から電話があって、いまから簞笥を運んでくるという。何かのまちがいではないかと尋ねかえしたが、Fが倒れる直前、新宿の家具店で、その簞笥を注文していたのだった。Fは私と一緒に眠る煎餅蒲団の中からカーテンレールに吊るされたままのコートやスーツを見上げては、「どうにかしたいわね」と毎晩のように顔をしかめていた。そこで仕事の合間に家具店に立ちよって洋服簞笥を注文し、「年内のうちに」と配送まで手配してくれていたのである。

蒼学館の給料日は毎月二十六日だが、十二月は日曜日だったため、その前々日、二十四日の金曜日に給料が支給されていた。

二十五日の土曜日の朝、私は前日手にしたばかりの手取り十六万五千円の給料の中から二万円をFに手わたした。いつも洋酒や惣菜を買ってきてくれるので、そのお礼のつもりだった。六畳間の万年床に寝ころんだまま、黄色い給料袋から新札を二枚抜き、キッチンに立ってハムエッグを焼いているFを「ちょっと来て」と呼びよせたのである。「ボーナスが残っていれば十万円ぐらいあげられたんだけど」ともったいをつけ、「ほんの気持ち」といって手わたすと、Fはみるみる瞳を輝かせ、「わあい、うれしいな、うれしいな」と、まるで幼い子供のように大げさにはしゃいでみせた。

「私、親からも小づかいもらったことがないのよ。本当よ。いままで誰からも一度ももらったことがないのよ」

三十歳のとき両親に家を建ててやり、ヒモ同然の男たちには次々外車も買ってやったのに。そんなことまで口ばしりながら、Fは私にひしと抱きついてきた。

新宿の家具店で洋服簞笥を買ったのは、その二日後の二十七日の昼、運命が待ちぶせているフジテレビに向かう途中だったにちがいない。

六畳間に運んでもらった洋服簞笥に、私はさっそくコートやスーツを収めていった。この機会に学生服は捨てることにした。高校時代から十年ちかく着たのだから十分だろう。もう学生服を着る日はない。

私は新しい洋服簞笥の前に座りこみ、二年前、Kの生家から突然日吉荘に送られてきた府中家具の豪華三点セットを思いだしていた。その三点セットが運びだされた後に、この洋服簞笥を買ってくれたFもまた、まさか自分が死んで簞笥だけが私の部屋に残るなどとは想像もしていなかっただろう。脳出血に見舞われなかったら、Fは、十一歳年下の私と結婚したいと思っていたのだろうか。

あの夜、Kは、どうして突然「今夜会えないかな」といって私に会いに来たのだろう。Kが私の前で延々と涙を流しつづけていた時間は、Fが突然の病に倒れて不帰《ふき》の人《ひと》と化していく時間と完全に重なりあっていた。この事実は単なる偶然なのだろうか。それとも何か人知を超える不可思議な暗合でもあったのだろうか。

気がつくと、畳に重ねたスーツやコートの上に私の大粒の涙がぽたぽたこぼれ、四月の入社式の日に着た空色のスーツの胸のあたりに暗い灰色のしみが広がっていった。

この十二月の給料を手にして、私の一九七六年一年間の給料と賞与が確定した。手もとに残るこの年の「給与所得の源泉徴収票」を見ると、私の四月以来九か月間の給料とボーナスの総額は二百五十四万七千二百三十二円である。そのうちの一パーセントにも満たない二万円でFがあんなに狂喜してくれたことが、その後しばらく私にとっては忘れがたく深い思い出となった。

第五章　それから

1

一九七七年（昭和五十二年）の年が明けた。

元日は、終日、ひとりきりだった。二日、早稲田大学の硬式野球同好会で一緒に野球をした後輩のマエダくんから電話があって、夕方、高田馬場で二人で飲んだ。学部は異なるが、マエダくんは一学年下で、同好会を創設した仲間のひとりである。私が六年も大学にいる間にマエダくんは一足早く卒業し、大手損害保険会社に入社して岐阜の支店に勤務していた。それが正月休みとあって中目黒の実家に帰省していたのである。

学生時代、私は同好会の仲間たちと彼の家にしばしばおじゃまし、彼の母親の手料理をごちそうになり、夜おそくまで麻雀をしたものだ。母ひとり子ひとりのマエダくんだが、親もとに帰省して、一緒に飲む相手を探し、あちこち電話をかけているうちに、ひとりグリーン荘で落ちこんでいる私を見つけたというわけである。

高田馬場界隈で飲むうちに、マエダくんは私の精神状態が少し尋常でないと心配になったのだろうか、「タカザワさんの部屋で飲みましょうよ」といって聞かなかった。私たちはグリーン荘に場所を移して電気炬燵に向かいあい、ビール、バーボン、ウオッカと部屋にある酒をすべて飲みほした。二人で暗い二の坂を駆けおりて、中井駅周辺でまた酒とつまみを買いこんで、夜どおし飲みつづけた。ポップスや歌謡曲のレコードを次々とステレオのターンテーブルに載せながら、夜が更けると、どちらからともなく眠りに落ちて、また目がさめては酒を飲み、そうして三が日を過ごし、マエダくんは岐阜に帰っていった。

仕事始めは一月五日の水曜日だった。この日、私は出社すると総務部のマツダ副部長に連絡を取り、本社ビルの地下一階にある喫茶店で、Kと離婚したことを報告した。年末年始の慌ただしさにまぎれて報告が遅れたことを詫び、離婚の理由は「性格の不一致」だと簡単につたえた。私の話が終わると、マツダ副部長は「まだ若いんだから、またいいこともあるさ。頑張れよ」と励ましてくれた。

喫茶店を出て別れぎわ、マツダ副部長は「しかし、タカザワ」とふと思いついたような表情で振りかえり、「うちの社で入社一年目に離婚した大卒男子は、おまえが初めてかもしれないな」と笑いもせずにいった。私は「はあ」と答えたが、地上に出る薄暗い階段を上りながら、入社式の朝を思いだし、ひとりで噴きだしてしまった。白山通りを渡って、すずらん通りに入っていくと、同期のソウイチローとオーサワが何やら愉快そうに談笑しながら歩いているのが遠くに見えた。

一月末になって私は大阪に取材に出かけた。大手洋酒メーカーであるバッカス社の関西にある工場の周辺の住宅地でスス病という奇妙な公害が問題になっている。そんな怪しい取り屋のニュースレターをデスクのヤマ先輩が見つけてきたのである。取り屋とは今日風にいえばブラック・ジャーナリズムのことである。「ま、駄目かもしれないけど、やるだけやってみるか」とヤマ先輩はプラン表の最後につけたしのように書きこんだ。

明日から大阪取材だと編集部の片隅で同期のサトーに話すと、サトーは「そんなの記事になるわけないだろ」と鼻先でせせら笑った。バッカスは『週刊マンデー』のみならず蒼学館の数々の雑誌に毎週のように広告を掲載している大手スポンサー企業だからである。

実際、現地に出かけてみると、案の定というべきか、そのスス病は公害というほど悪質なものでないことも判明し、私は取材を打ちきって東京にもどった。

少し後の週末の夜、私は、セキネ副編集長、デスクのヤマ先輩と三人で新宿の甲州街道ぞいにある料理店に出かけていった。バッカスの接待を受けたのである。先方からは広報部の部長と課長が顔をそろえて、末席に若い男性社員がかしこまっていた。「うちのタニです。タカザワさんが新入社員だというので、うちも新人をつれてきました」と部長が引きあわせてくれた。タニは、『「いちご白書」をもう一度』を歌っているフォークグループ、バンバンのばんばひろふみに似ているな、というのが私の第一印象だった。

食事の間、バッカスの部長と課長は、あの工場周辺のススは公害などではなく、ウイスキーの本場スコットランドでは、あのススが人家の窓などに付着していることが、むしろウイスキーの故郷としての誇りなのですと何度も力説していた。四六時中室内でも黒いサングラスをはずさないセキネ副編集長とヤマ先輩もフォークとナイフを動かしながら、「なるほど。なるほど」などと、もっともらしい顔をしてうなずいている。ワインやウイスキーを飲みながら、肉料理を堪能し、食事は終わった。外に出ると、ひとりずつ土産だという紙袋をいただいて、私たちはそれぞれの家路についた。

グリーン荘に帰ろうとする私は、中央線で西荻窪に引きあげるヤマ先輩と新宿駅東口の路上で別れ、西武新宿駅へと向かって歩く。靖国通りを渡る直前、背後からひたひたとついてくる人の気配に気がついた。振りむくと、いましがた別れたばかりのバッカスの新入社員のタニだった。私と目が合うと、ベージュのトレンチコートを着たタニは一気に間合いを詰めてきて、私の耳もとで「もし、よろしかったら、もう一軒、行きませんか」とささやいた。

「ああ、タニさんも、こちらのほうですか」

タニは「ええ、まあ」とうなずく。私は尾行されていたなどとは疑いもせず、鷹揚《おうよう》に「ええ、いいですね」と答え、そのまま靖国通りを渡った。「ちかくに美人ママのいる店があるんですよ」と、タニに誘われるまま、とあるビルに入っていった。

タニは大阪大学を卒業したという。高校は兵庫県にある私立の進学校で、両親は宝塚市に住んでいるとのことだ。バッカスは大学生を対象とした就職人気企業ランキングで東京海上火災などとともに毎年上位に顔を出す花形企業である。タニもまた、新人ながら、いかにも、そうした花形企業の広報マンらしい機転の早さと押しの強さを持ちあわせていて、その初対面の夜も臆面もなく「ぼくは会社では海老さまと呼ばれているんですよ」と口にした。どうも冗談のつもりではないらしい。いわれてみると、たしかに、のちに十二代目市川団十郎となった歌舞伎の市川海老蔵に似ていないこともない。

バッカスの関西の工場の取材にあたって、私は大阪市内の小さなビジネスホテルに二泊していた。ホテルの電話番号は編集部の机の上にメモを残しているだけである。ところが二日目の夜、その部屋で寝ている私のもとに、東京の広報課長から電話が入り、「現地のスス病について、ご説明したい」というのだった。では帰ったら、そちらにうかがいます。そう答えながら、私はなぜ宿泊先がわかったのだろうとひそかに舌を巻く思いだった。「あれ、どうして、ぼくのホテルがわかったんだろうね」とタニに尋ねてみたが、「あっ、そうだったんですか。いや、ぼくは知りません」とタニはとぼけるだけである。それまで大阪市内のホテルに一軒ずつ電話をかけたのだろうかなどと考えていたのだが、何のことはない、これは編集部の中に私の宿泊先を教えた人間がいたと考えるほうが自然なのかなと、そのとき思った。しかし、誰が、何のために、そんなことをするだろう。

すると、タニは、突然話題を変えるように、私に向かって「向こうで工場の受付の案内係の女の子に電話したでしょう。今夜仕事の後で会わないかって」といった。私が黙っていると、「それを聞いて、うちの社内では、これは記事にはならないかなと思ったんですよ」とつづけた。私の受付嬢への電話を理由に記事を差しとめられるのではないかと考えたというのである。

毎日新聞の外務省機密漏洩事件じゃあるまいし、と私は苦笑した。五年前、沖縄返還協定のさいの日米両政府間にあった密約をすっぱ抜いた毎日新聞の男性記者が、既婚の外務省女性事務官と「ひそかに情を通じ」てその情報を入手したとして二人とも逮捕され、世間からも倫理的非難を浴びた事件があった。私の場合、もとより受付嬢と情を通じたわけではない。ただゲリラ的取材ルートをもとめて電話をしてみただけである。結果的に彼女からは協力が得られなかったというだけで、それと記事を止められるとか止められないとかという話はまったく別ではないか。そう思ったが、私がバッカスの広報担当者たちの間で「わきの甘い取り屋まがいの突撃隊」と認識されたことは事実なのだろう。

いずれにせよ、こんな社内の内幕話を初対面の私にぺらぺら話してくれるのは根っからの好人物か、あるいは食えない大物なのだろうと私はタニの顔を改めてまじまじと見た。

二時間後、私は、翌週の企画会議に「東京・大阪　美人ママのいる店30」というプランを提案してみることを決めていた。これも週刊誌の経済記事なのである。「店を集めるのは簡単ですよ」とタニはけろりといった。「場所とか料金とか条件を決めてください。東京、大阪、うちの営業に該当する店を出させますから」。つまり大手洋酒メーカーであるバッカスの営業マンが、日ごろウイスキーやビールを納入して親しくしている「美人ママのいる店」のリストを、『週刊マンデー』の記事のために提供してくれるというわけである。

　店を出て別れぎわ、タニはバッカスの男性独身寮が初台の甲州街道ぞいにあり、そこに住んでいると口にした。「あれ、でも」と先刻のタニの姿を思いだしながら、私はようやくタニが私とヤマ先輩の後を尾《つ》けてきて、私がひとりになったところで声をかけてきたのだと思いいたったのだった。

　このスス病騒ぎの後、『週刊マンデー』や蒼学館のほかの雑誌にバッカスの広告が増えたかどうかについては私は知らない。ただ、この夜以来、私がタニと毎週のように一緒に酒を飲む仲になったのは事実である。互いに他社の人々との接待などがあった後でも、最終的にタニの独身寮から徒歩五分ほどのなおひろで落ちあうこともよくあった。

　Fが亡くなって、私は、しばらく、なおひろから遠ざかっていたのだが、このタニとの出会いをきっかけに、ふたたび足を運ぶようになったのである。タニも寮からちかい住宅街の中にある小さな店のたたずまいが気にいったようだった。

　週末の金曜日の夜など、なおひろでもまだ飲みたりないときは、私たちは互いの部屋に転がりこむことも少なくなかった。タクシーを拾えば十分程度のグリーン荘は、Kも出ていき、Fも死に、私のひとり暮らしである。タニもまた寮の個室に万年床を敷いていて、私のような社外の人間も、その部屋に自由に出入りできた。翌日が休みとなる週末の夜など、タニと同期入社の気のあう社員たちの部屋に次々声をかけ、あちらの部屋こちらの部屋と渡りあるきながら一緒にギターを弾いたりして騒いだものである。「タカザワさん、酒強いですね。全然乱れないですね」などとタニにおだてられ、「まあな」と答えながら、私は、飲んでも飲んでもいっこうに酔えない自分の姿を自覚していた。

なおひろにいても、タニの部屋で騒いでいても、ふと気がつくと、暗い天井の隅から、KとFの黒い瞳が私をじっと見つめているのだった。

2

私が初めて誰の手も借りずに『週刊マンデー』のアンカー原稿を書いたのは、タニと知りあった直後、三月二日の夜である。その日は水曜日で一・二折の入稿日。私は「百万円を一年で倍にする耳より蓄財術教えます」という四頁の記事を書いたのである。

それまでもカシマナダさんのアンカー原稿を、ほとんど原形をとどめぬところまで書きなおしながら入稿してはいたものの、最初からアンカーマンに注文せず、冒頭の一行目から結びまで自分の鉛筆一本で書きあげたのは、この夜が初めてだった。いまこの記事をかえりみて、「三月は金儲けの狙い目だ!」となぜ強くいえるのかとか、本当に苦もなく百万円を一年間で二倍にできるのかなど、突っこみどころは多々あるが、この記事なら取材から入稿まで私ひとりで二日あれば可能だっただろうなと、いまでも詳細な段取りが思いうかぶ。

私が『週刊マンデー』の編集部に配属されて十か月後のことである。たとえハウツー記事であれ、入社一年経たずに独力で四頁の記事を書きあげて、部数ナンバーワンの総合週刊誌に掲載できた事実は私のひそかな自信となった。その翌週以降も、私は積極的に機会を見つけては自分で鉛筆をにぎってアンカー原稿を書くようになっていった。

私は、もしかしたら、将来、この職場を去って独立し、フリーランスの物書きになるかもしれない。自分の職業について漠然とそんなことを考えたりもした。

Fが亡くなってから、私は、世の中の出世だとか権力だとか流行だとか、時流に乗るとか乗らないだとか、そんな話がいちいちひどく馬鹿らしく思えるようになってしまった。

以前からそういう傾向が皆無だったわけではないが、Fの死は、さらに私の内面を不可逆的に変化させたと思う。何も太宰治のように死に急がなくても、人間は必ずいつか死ぬ。おまけに死は不意に訪れることもある。そのことさえ意識して生きているなら、人の日常は何思うにせよ何するにせよ五十歩百歩でたいしたちがいはないのではなかろうか。そう思うようになっていった。

人目や出世が気にならなくなった影響かどうかは不明だが、入社二年目に入ると、私の取材方法は自分でも驚くほど大胆かつ過激になった。編集長やデスクからそこまで命じられているわけでもないのに、あたかも御用改めにおもむく新選組の隊士のように、他人の家に土足で踏みこんでいくのが平気になった。

例えば、放漫経営で破綻した企業経営者の豪邸の高い石の塀に両手をかけてよじ登り、庭の芝生に寝ころんで帰宅を待って独占インタビューを実現したり、裏口入学疑惑に揺れる新設私立医大の幹部が深夜入浴している風呂場の窓を外からいきなりガラリと開けて一問一答を試みたりと、われながら呆れるような突撃取材を敢行し、それなりに周囲の評価を得たり、反面、顰蹙《ひんしゅく》を買ったりもした。

KとFとを相ついで失って自暴自棄になっていたわけではないが、私には失うものなど何もなかった。I have nothing to lose. という英文が心の底から理解できたような気がしていた。私は空っぽだった。気がついてみると、いつしか自分の一挙一動に合わせて太宰治の文章や小説を思いだすような妙な習慣はなくなっていた。「文化」と書いて「ハニカミ」とルビを振るのを是《ぜ》とするような太宰治流の含羞《がんしゅう》などは私の内にも外にも片鱗すらなかった。

だが、その一方で、一度飲みはじめたら半ば意識を喪失するまで大量に飲まずにいられないという酒の飲み方はなかなか改まらず、いきおい私生活でも周囲の困惑や失笑を招くような出来事が少なくなかった。

私は赤い糸の切れた凧《たこ》である。究極の必然を信じて生きるには人間世界は猥雑《わいざつ》すぎる。そう思う一方で、このままでは仕事も私生活もこの先どうなっていくのか、まるで予測がつかず、われながら末恐ろしいような気もするのだった。

私は二十五歳になっていた。

秋たけなわの十月の日曜日の午後、私はひとりで神宮球場へ東京六大学の野球試合を観に出かけた。その日はたまたま取材もデートの約束もなく、高く澄んだ空の色に誘われたのである。もうどことどこの対戦だったかも忘れたが、その試合中、内野フライが高く上がった。

私が、子供のころから、野球で一番好きな光景である。時速百六十キロの快速球や豪快なホームランやスリリングな三塁打など、野球には観ていて楽しいシーンはいくつもあるが、三つの塁に走者が居らず、平凡な内野フライが高々と打ちあげられると、両チームの選手も観客も、球場内にいるすべての人々の視線が、ただその小さな白球に集中しているように思える。私はその瞬間が無類に好きなのだ。

私には人生で忘れられない二つの平凡な内野フライがある。一度目は内野フライというよりファウルフライだ。あれはドジャースがニューヨークのブルックリンからロサンゼルスに本拠を移転したころだから、私は小学校の一年生か二年生である。

当時、私たち一家は青森県の山間部の小さな町に住んでいて、家の裏手が草野球のグラウンドになっていた。ちょうど三塁側の内野スタンドに陣取るような形で、私は家の窓のへりに腰かけて野球を見ていた。そこにファウルフライが上がって、あれよあれよと見るまに私のほうに近づいてきた。ごつんと鈍い音がして、ボールは私の頭と木の窓枠の境を直撃し、グラウンドのほうに跳ねかえっていった。一方、私は室内に転がりおちていた。三塁側のベンチにいた数人が、こちらを振りむき、いま変な音だったな、何に当たったのだろうと不思議そうに話している声が私の耳に聞こえてきた。

二度目は高校二年生のときである。昼食後、私は級友たちと広い校庭に出てソフトボールをしていた。大きな白い二階建ての木造校舎の窓から鈴なりになって大勢の生徒がゲームを見ていた。私はショートを守っていたが、頭上に高く上がった凡フライを、どうしたはずみか頭でキャッチしてしまったのである。ボールはふたたび空中に高くはずんで校庭はたちまち爆笑と歓声に包まれたのを、いまも忘れずに覚えている。

いずれもボールが野球というゲームの中から現実の痛みとともに飛びだしてきて私を直撃した瞬間だった。その二度目の体験のさい、私は恥ずかしさとともに校庭に立ちつくしながら、何だか夢から覚醒しつつあるような気分になった。そのころから、「一球入魂」という言葉もあるけれど、私は野球をしているとき一時的にボールになっているのではなかろうかと考えてみたりしていた。そうした私の考えの先に、サルトルの哲学が、いわば、ぴたりとはまったのである。対自存在は、「それがあるところのものであらぬと同時に、それがあらぬところのものである（後略）」（『存在と無』松浪信三郎訳）。

少年時代から長い間、なぜ私が野球やサルトルの哲学に惹かれているのかわからなかったが、この日、神宮球場で内野フライを見あげたとき、私は久々に学生時代に帰ったような晴朗な気分になった。「我」が「白球」と化して遊び、「白球」が「我」に返って笑うのである。

神宮の高い秋の空から白球が落ちてきて、すぽっと二塁手のグラブに収まり、観客席からぱらぱらとまばらな拍手が起こった。「ワンアウト、ワンアウト」と野手たちが人差し指を一本宙に突きたてながら互いに交わす甲高い声が聞こえてきた。ゲームはつづく。ただぼんやりと何かを待っている日々はすでに過ぎた。私も太宰治に代わる新たな「白球」を探さなければならない。

翌日の月曜日、朝の経済班の会議の後で、私はヤマ先輩に「ちょっと話があるのですけど」と声をかけ、錦町河岸交差点角のビルの一階にある喫茶店で向かいあった。店内に知っている顔がないのを確かめて、「じつは会社を辞めたいのです」と切りだすと、ヤマ先輩は「ほう」としばし絶句し、それから「なんで?」と目を剝いた。私は答えた。

「空からフライが落ちてきたので、キャッチしてアウトにしてしまったんです」

そういいながら、これでは何のことだかわからないなと思った。はたしてヤマ先輩は狐につままれたような顔をしている。蒼学館は太宰治に誘われてきた場所だから、ここにいては太宰治から離れられないんです。そういいなおそうかと思ったが、ますます意味不明だし、そもそもそれが会社を辞める理由になるとも思えない。「白球」なしで、私は、私のことをうまく語れないのだ。

ヤマ先輩が「で、いつ辞めるつもりなんだ」と聞くので、私は「できれば今日にでも」と答えた。ヤマ先輩は呆れたように「おまえ、それは無理だよ」といい、ようやく表情を少しゆるめた。退社するときは二週間以上前に退職願を出さなければならないと定められているという。「それなら二週間後にします」と答えると、ヤマ先輩は「ふう」とため息をつき、「この仕事、けっこうおまえに向いていると思うんだけどな」と一応慰留してくれた。「で、辞めて何をするんだ」というので、私は「海外留学でもしてみますかね」と答えた。

海外留学なら太宰治はもう追いかけてこないだろうと思った。東京の三鷹に長く暮らした太宰は、海外旅行どころか、なにしろ日本列島の西半分に足を踏みいれた形跡がない。京都や大阪どころか名古屋まで旅したことすらないのだから。

ヤマ先輩は、私が何をいっているのか、最後までよくわからなかったにちがいない。「おまえの希望はわかった。でも、この話は、もう少し誰にも話さないでおこう」と再考をうながされ、私たちは喫茶店を出た。肩を並べて横断歩道を渡り、広田ビル四階の『週刊マンデー』編集部にもどった。

正直なところ、私にも、先の見通しがあるわけではなかった。私は、ただ、私の中にいつまでも根強く残る太宰治に、そして私の愚かな青春に、一日も早く、こう宣言してみたかったのである。

曰く、グッド・バイ。

3

一九八〇年（昭和五十五年）二月末、私は四年間勤めた蒼学館を退社して『週刊マンデー』編集部を去った。編集部ではずっと経済班に所属し、ヤマ先輩というデスクのもとにいた。編集長はノグチ編集長から三代目のセキネ編集長に代わっていたが、『週刊マンデー』は男性社会人向け週刊誌の中で部数トップの座を守りつづけていた。

ヤマ先輩に初めて退社の希望を打ちあけた日から実際に辞めるまでに二年強の月日があった。その間の事情についてはさておき、退社した二月二十九日は、私の満二十八歳の誕生日だった。この誕生日は、四年に一度、夏のオリンピックが開催される閏年《うるうどし》にしかめぐってこなかった。つまり私はヘルシンキ五輪が開催された年に生まれ、モントリオール五輪の年に蒼学館に入社して、ソ連のアフガニスタン侵攻を理由にアメリカや日本が参加を拒否したモスクワ五輪の年に同社を辞めたのである。一九七〇年（昭和四十五年）二月に大学受験のために上京してきて、ちょうど十年が過ぎた節目の春でもあった。

＊

もう半世紀ちかく昔の出来事である。

あの日、早朝の高田馬場駅で別れて以来、Kとは会っていない。Kはあれから再婚しただろうか。Fは死んでしまったし、エツコさんやサナエ先生とも会っていない。みな、もう生きて会うことはないだろうけれど、それぞれ、いまも元気で暮らしているのだろうか。

秋の神宮球場で高く上がった内野フライを見あげた日の夜を最後に、二匹の蛍は私の頭上から姿を消した。あの夜、いつものようにグリーン荘の天井の片隅に現れた光の玉は、私の見ている目の前で、突然ひなげしの花びらがはがれ落ちていくように闇の中に溶けて消えてしまったのである。あの光の玉は何だったのだろう。もう二度と私の眼前に現れることはないのだろうか。

太宰治は青春の日々を「晩年」と称した。そのひそみにならって、逆に、もしも青春が人生の晩年にめぐりくる季節なのだとしたら、その老いらくの青春で、これから私たちにどんな出来事が待ちうけているのだろう。その青春においても、私は、かつての二十代のころと同じように愚かなのだろうか。それとも今度はもう過ちを繰りかえすこともなく、失意や悔悟と縁のない日々を穏やかに過ごしながら死をむかえることができるのだろうか。

そういえば、いつだったかは忘れたが、まだ『週刊マンデー』編集部で働いていたころ、一度だけKからグリーン荘に葉書が送られてきたことがある。鮎《あゆ》釣りで知られる四国の清流の夏の絵葉書だったような気がする。毎日元気で食べていますか。そんなことが書かれていたような気がする。しかし、今回「赤い糸」のメモやオレンジ色の年金手帳が出てきた抽斗の中をかきまわしてみたが、その絵葉書は見つからなかった。だから、もしかしたら私の記憶ちがいで、Kから便りをもらったことは一度もないのかもしれない。

*本書は書き下ろしです。

田澤拓也
（たざわ・たくや）

一九五二年、青森県生まれ。早稲田大学法学部・第一文学部卒業。出版社勤務を経て、ノンフィクション作家に。著書に『虚人　寺山修司伝』『ムスリム・ニッポン』（21世紀国際ノンフィクション大賞優秀賞）、『空と山のあいだ』（開高健賞）、『百名山の人　深田久弥伝』、『無用の達人　山崎方代』、『タッチアップ』、『外ケ浜の男』他多数。

1976《いちきゅうななろく》に東京《とうきょう》で

二〇二一年四月二〇日　初版印刷
二〇二一年四月三〇日　初版発行

著者　田澤拓也
装幀　坂野公一＋吉田友美（welle design）
装画　山本由実
発行者　小野寺優
発行所　株式会社河出書房新社
〒一五一-〇〇五一
東京都渋谷区千駄ヶ谷二-三二-二
電話　〇三-三四〇四-一二〇一［営業］
　　　〇三-三四〇四-八六一一［編集］
https://www.kawade.co.jp/

組版　株式会社キャップス
印刷　株式会社亨有堂印刷所
製本　大口製本印刷株式会社

Printed in Japan
ISBN978-4-309-02957-3

屋根の上のおばあちゃん

藤田芳康

戦前から戦後にかけて激動の時代を京都で生き抜いた祖母と、久しぶりに京都を訪ねた孫。いま、一本のフィルムを巡り二つの時代が交錯する。第一回京都文学賞優秀賞受賞作。

泣きかたをわすれていた

落合恵子

稳やかに、軽やかに、あなたは言った。「生きている限り、ひとは、生きていくしかないんだよ」——愛するひとたちを見送った先に広がる「自由」を描く、傑作。